小学館文庫

つめ

山本甲士

JN019302

小学館

つめ

1

フードコートのうどん店、くらの庵《あん》は、午後一時半を過ぎて客足が途絶え、パート従業員の真野朱音《まのあかね》は、溜《た》まっていた丼や皿を洗う作業に取りかかった。

先輩パートの石居《いしい》さんは、お先に上がりまーす、といった言葉を口にせず、ぶすっとした態度のまま更衣室に入った。さきほどから機嫌が悪いことは判《わか》っていたので、朱音の方も声をかけないで、放っておくことにした。

石居さんは五十代後半の太ったおばさんで、ちょっとしたことで不快感をあらわにするときがある。そうなると、話しかけても返事をしなくなったり、口にしたとしても「判ってるがな」などと棘《とげ》のある言葉だったりする。

朱音はこれを秘《ひそ》かに、石居スイッチ、と名づけている。このスイッチが入ったら、余計なことをしないで無視するに限る。親切な態度はむしろトラブルのもとだ。

不機嫌になった理由に察しはついていた。三十分ほど前に、ごぼう天うどんを注文した初老の女性から「麺《めん》が硬いやんか。もっと柔らこうしてんか」と突き返されたときに、石居さんの後ろ姿は明らかに、スイッチが入っている感じだった。案の定、その女性客がいったん下がった後、石居さんはゆで直しながら「柔らかくしたんが欲しいんやったら、最初に言えっちゅうねん。スーパーの袋入りうどんを家で食うとけ」などと悪態をついていた。その女性客は、トレーを返しに来たときに、「ここの従業員は、すみませんも言えへんのやな」と言い残して帰って行った。

謝る筋合いのことではないにしても、笑顔で「お待たせしました」「次にいらしたときは、最初から柔らかめにしますね」ぐらいの返事はしておくべきだと思うのだが、石居さんは他人からの忠告や苦言を極端に嫌う性格だと判っているので、いちいち助言などしない。とにかく、先に上がってくれて、いなくなってくれれば、こちらも一息つける。

石居さんは、むすっとしたまま更衣室から、花柄のだぼだぼシャツにぴちぴちの白いパンツの私服で出て来て、何も言わないで出て行った。タイムカードは、ショッピングモールの従業員用出入り口付近の事務所にある。

丼を洗っている途中で、モップを持った掃除のおばちゃんがカウンターに顔を出して、「石居さん、また機嫌悪そうにしとったな」と言ってきた。掃除のおばちゃんは、正確には背中が少し曲がった七十前後のおばあちゃんなのだが、フードコートで働いている者はみんな、掃除のおばちゃんと呼んでいる。おしゃべり好きで、フードコートだけでなく、同じフロアにある各店舗で働いている人たちのことまで、詳細に知っている。聞いて回るだけでなく、気心が知れた相手には「ここだけの話やで」と前置きして、あることないこと吹き込んだりもしているので、憎めない人ではあるが、注意人物でもある。

「あら、そうですか？」と朱音はとぼける態度で、掃除のおばちゃんを見返した。

「そういうたら、上がるときに何も言わないで出て行ったような気がしますね」

「真野さんとケンカしたんとちゃうん？」

「しませんよ、そんな面倒臭いこと」

「まあ、そやな。真野さんは、ああいうおばちゃんを相手にはせん人やから」

掃除のおばちゃんは、前歯が一本抜けている。細長い顔で鼻とあごがとがっているので、今かぶっている三角巾《さんかくきん》が水色でなく黒だったら、小さな子どもたちは、ほうきの代わりにモップを持った、魔法使いのおばあさんだと思い込むだろう。

もう行ってくれると期待したのだが、掃除のおばちゃんはさらに「客と何かあったんちゃうか。あの人、接客態度がようないから」と続けた。

どうやら、真相を聞き出すまでしつこくからむ気らしい。朱音は小さくため息をついた。

「そう言うたら、麺のゆで加減がどうのこうのと言うてきたお客さんがいて、石居さん、ちょっとむっとした感じになってたかな」

「あー、そうか」掃除のおばちゃんは、にたにたしてうなずいた。「目に浮かぶわ、そういうの。あの人、プライドだけは高いさかいな。あんた、知ってる？」

「何をですか」

返事がないので、洗いものの手を止めて見ると、掃除のおばちゃんが、手招きをしている。面倒臭いけど、少し聞いてみたい気持ちもある。

朱音がカウンターのところまで行くと、掃除のおばちゃんが声を潜めた。

「ここだけの話やで。石居さん、不倫関係が十年ぐらい続いてんねんで」

「えっ」

あの太った、無愛想なおばさんが？　にわかには信じられない話だった。

「ほんまやて。飲み屋で知り合った妻子持ちの公務員とつき合ってんねん。本人から聞いた話やねんから、間違いないがな」

「へえー」

「そんでな、その男の方がもうすぐ定年退職すんねんて。奥さんには、退職金をまるまる渡す条件で、離婚に同意してもらうことが決まってて、それを待ってんねんて」

「相手の男がそう言うてるだけなんと違うんですか。ほんまに離婚するかどうか、判らへんのと違いますか」

「あんた、ええとこに気がついたな」掃除のおばちゃんは、うれしそうに人さし指を立てて振った。「私もそない思うてんねん。そやけど、石居さんに忠告したとしても、どうせ聞く耳持たんやろ。まあ、どうなるか、来年三月のお楽しみや」

一年近く先の話である。

掃除のおばさんは、へっへっと笑って、「内緒やで。ほな」と片手を振って、モップがけを再開させた。

洗いものが終わって、食材の在庫確認をしていると、初めての客と思われる女性が、カウンターの前にやって来た。シマウマがらのシャツで、短めの髪の一部だけを金髪に染めている。眉毛を細く剃《そ》った顔つきは、ちょっといかつい。年齢は、朱音よりも一回りぐらい上の、四十代後半というところだろうか。

朱音が笑顔で「いらっしゃいませ」と近づくと、カウンター上の写真入りメニューを見て女性が「ふーん、まあまあの値段やな」と言ってから、「あ、まあまあっていうのは、まあまあ安いっていう意味やけどな」とつけ加えた。

ちょっと面倒臭いタイプの客のようだった。朱音は「ありがとうございまーす」とうなずいた。

「麺は何、讃岐《さぬき》うどんなん？」

「いいえ、讃岐うどんに近いコシのある麺を使ってますけど、製麺業者さんが持って来てくれるやつです」

「あー、そういうことか。まあ、そやろな」女性客はじろじろと店内を見回す。「あんたはここ、長いん?」

「いえ、一年半ぐらいです」

「あ、そうなん? その前は?」

何でそんなことを答えなあかんねん。朱音は少し間《ま》を取って「その前は、事務仕事をちょっと」と答えておいた。正確には、二年前まで水産加工会社の正社員として事務や梱包《こんぽう》作業をしており、三十三歳で寿退職したのだが、そんなプライベートな話を初対面の相手にする気はなかった。

「ここ、時給って、なんぼぐらいなん?」

「普通ですよ。その辺のファミレス店員のパートと同じぐらい」

「ふーん、そうなんや。でも、全国展開してるファミレスとかと較《くら》べたら、仕事も緩いっていうか、そんなに研修とかマニュアルとか、ガチガチやないんやろ」

「ええ、まあ……」

「募集はしてへんのか、今」

「は?」

「この店の、パート」

「ああ……今はやってないみたいですけど」

何やねん、パートの口を探してんのんかいな。それにしては態度がでかいな、このおばさん。

「仕事は、慣れたら楽なもんやろ」

「楽っていうか……まあ、接客していて、楽しいこともありますし」

「腹立つこともあるんやな」

「まあ、なくはないけど、そんなにはないですよ」

あるとしたら、あんたみたいな女がごちゃごちゃ聞いてくることやがな、と朱音は心の中でぼやいた。

結局、その女性は、ごぼう天うどんを頼んだ。出来上がったらブザーで知らせるコードレスチャイムを渡して「しばらくテーブルでお待ちになってください」と案内したのだが、カウンターの前にずっといて、「ここのフードコート内でパート募集してるところって、知らん？」だの「もう一人パート入れる気ないかってオーナーさんに聞いてみてくれへんやろか」だのと言われ、「さあ、どうでしょうか」「オーナーさんには私、会ったことないので」などと、申し訳なさそうな態度を心がけて、かわす感じの返事をしておいた。

食べ終わってトレーを戻しに来たときに、その女性客は「負けへんで、私」と、よく意味が判らないことを言って、去って行った。

石居さんと対決させたら、面白いかもしれない。


調理場の掃除を終えて一息ついたところで、幼稚園ぐらいの男の子が、ぴょんぴょん跳びながら、カウンターの向こうで顔を出したり引っ込めたりし始めた。近くを見渡したが、母親らしき姿がない。

「ぼく、どうしたの？」朱音は近づいた。

「十円まんじゅう、一つ」

Tシャツの首が伸びた坊主頭の男の子が、十円玉を差し出した。

店では十円まんじゅうという、こしあんの一口まんじゅうも販売しているのだが、十個のパックと二十個のパックしか置いていない。男の子は、十円まんじゅう、と書いてある、のぼり旗を見て、一個単位で買えると思い込んでいるようだった。

「ぼく、ごめんねー、十円まんじゅうは、十個まとめて売ってるのよ。一個ずつは売れないの。お母さんは近くにいる？」

「あっち」と男の子は、スーパーのコーナーを指さした。「ここで待ってろって言われてんねん」

アメリカだったら子どもを放置した罪で逮捕されるぞ、母親。

「あー、そうなん。なら、試食用のをあげるわ」

朱音はそう言って、カウンターの上に載っている皿を、男の子の方に差し出した。試食用の、四分の一に切り分けて、爪楊枝《つまようじ》で刺した十円まんじゅうが、十数個、載っている。

男の子が皿ごと受け取ろうとしたので「あ、違う、違うよ、食べていいのは一つだけ」朱音は釘を刺した。「あ、いや、二つまで食べていいよ。でも、全部はあかんよ。他のお客さんにもあげなあかんから」

男の子は口をぽかんと開けながら目をしばたたかせた。試食用という言葉の意味をちゃんと理解できてないのかもしれない。

男の子は、爪楊枝が刺さった四分の一の十円まんじゅう二つを取って、すぐに食べた。

「どう、美味《お》しい？」と聞きながら楊枝を受け取ると、男の子が「うん、美味しい」とうなずいたので、朱音は「お母さんに頼んで、買ってもらってね」と言っておいた。

すると、一分も経《た》たないうちに、さっきの男の子がまたやって来て、「試食の十円まんじゅうください」と言った。

まじか。偏見を持つべきではないと思うのだが、どういう家庭で育った子なのか、ある程度の想像がつく。朱音が小学校低学年の頃、同じクラスにこういう感じの男の子がいて、給食で余ったパンをごっそり持って帰ったり、遠足のときには、他の子からおやつを少しずつもらって回ったりしていた。

「ぼく、試食の十円まんじゅうは、ほんまは一人一つやねんで。まあ、今は特別にあと二つだけあげるけど、今日はもうおしまいやからね。判った？」

男の子はうなずき、朱音が差し出した皿から二つ取って口に入れ、「美味しい」と、にたっと笑って、走って行った。

ああいう顔を見せられると、次に来たときにまた、あげてしまいそうだ。

午後四時前に、店長のユキちゃんがやって来た。ユキちゃんは色白の二十代のコで、ちょっとぼーっとしたところがあるが、この店を運営している、有限会社くらの、の正社員であり、今はここの店長をやっている。

そのユキちゃんの目が充血していたので、スタッフ用のシャツにエプロン、三角巾姿で更衣室から出て来たところを「どうかしたの、目が赤いよ」と声をかけた。

「すみません……」ユキちゃんは涙声でそう言い、洟《はな》をすすった。「ちょっと、つらいことがあって……」

朱音はカウンターの中から、フードコート内を見回した。掃除のおばちゃんは幸い、近くにはいなかった。見つかったら、すぐに事情を探りにやって来るに違いない。

「もしかして、この前言ってた彼氏のこと？」

「はい、そうなんです……」

ありゃりゃ、別れたってことか。朱音はどういう言葉をかけるべきか思案した。

ユキちゃんは、同じフードコート内にあるカレー店でバイトをしている、ロン毛を後ろでまとめた細身の男とつき合っていた。その話を聞いたのが、ほんの一か月ほど前。その男が、国立大学を出たけれど就職せずに、バンド活動に精を出しているというので、朱音は人生の先輩として「結婚を考える相手ではないんとちゃう？」と一応の忠告はしておいたのだが、ユキちゃんは「それは真野さんが、彼のライブを見たことないからですよ。すごいレベル高いんですよ、彼のバンド」などと、夢心地状態だったので、どうせそのうち駄目になるだろうと思っていたのだ。

やっぱり別れそうだな、と感じたのは先週、ユキちゃんから「彼がこんなメールしてくるんです」とスマホを見せられたときだった。画面には、「さっきの人、だれ？」とあった。ユキちゃんの元同窓生だという男性が店に来てうどんを注文したときに、しばらくの間、カウンターをはさんで、共通の知人の近況などを話し合っていたようだったのだが、それをカレー店から見ていた彼氏が、妙な邪推をした、ということらしかった。そのときのユキちゃんは、「ちょっとヤキモチ焼かれてるっぽい」と、むしろうれしそうだったのだが、そういうゲームみたいなことが嫌いで、浮気をするかもしれない女とはつき合わない、と突き放す男もいる。彼氏はそのタイプかもしれないと、そのとき朱音は感じていた。

朱音自身、短大時代の友人が、その手の男とつき合っていて、ある日突然、お前みたいに他の男たちと遊びたがる女とはつき合いたくない、と別れを告げられるのを見ている。その友人は、彼氏の気を引きたくて、ときどき思わせぶりな態度を見せるところがあったのだが、男がみんな、そういう手が通じるとは限らない。その友人は、よりを戻したくて謝ったというが、男はすっかり冷めてしまい、修復できずに終わっている。

恋愛中は、自分のやっていることが正しいことなのかどうか、冷静に判断するのは確かに難しいだろう。痛い目を見て、学習してゆくしかない。

ユキちゃんはしばらくの間、冷蔵庫やフライヤー（業務用の揚げ物の機械）をチェックしたり、食材の残りを確認していたが、気がつくと調理場の隅にしゃがみ込み、ハンカチを口に当てて泣いていた。

面倒臭いとは思ったけれど、朱音は近づいて「大丈夫？」と声をかけた。

ユキちゃんは背中を丸めたままうなずき、ハンカチで目をぬぐう。

今日、仕事になるか？　でも、やってもらわないと。朱音は四時半に、先に上がることになっている。

「要するに、彼氏と別れたの？」

「はい……」

ほーれ、みろ。朱音は口から出そうになった言葉を飲み込んだ。

そんなもん、続くわけ、ないがな。音楽でメシ食える人間なんて、一万人に一人もおれへんのやから。そもそも、食える人はとっくにメジャーになってるっちゅうねん。俳優とか小説家と違って、ミュージシャンに遅咲きって、まずおらんがな。

朱音はできるだけ親切そうな声で「それはしんどいねえ」と言った。「やっぱりあれやったん？　恋愛より音楽が大事、みたいな」

ユキちゃんが頭を振って、顔を上げた。

「他の女とつき合うことにしたって、言われたんです、メールでいきなり。ライブハウスにも来るなって。スマホのメールとか画像とかも、俺のは全部消しとけって……」

やっぱりそっちかー。

「そしたら、ここで仕事するの、気まずくなるね」

「カレー屋さんはもう辞めてます。先週から、園山町《そのやまちょう》の店でバーテンダーやってます」

「あ、そうなん」

園山町は、南海市《なんかいし》の繁華街である。といっても、大阪市から遠く南に離れた人口十五万の小さな町なので、週末の夜に人が大勢繰り出していたのは、遙《はる》か以前のバブル期のことで、最近では、シャッターが下りたままの店舗だらけの、お寒い光景となっている。そんなところにある店のバーテンダーだから、時給もカレー屋とたいして変わらないだろう。

もともと無理やったと思うよ、と言うべきかどうか迷っていると、ユキちゃんが

「真野さんの旦那さんは、浮気したり、離婚話を切り出したり、したことはないんですか」と聞いた。

「そういうのは、ないね。うちの旦那は仕事人間やし、職場にもあんまり女性はいてないから」

「そうなんですか」

「うん。女性がおっても、モテるタイプでもないし」

二人で夕方からの客に備えて仕込みを開始した。朱音は掻《か》き揚げ用のタマネギをむいて包丁で刻み、ユキちゃんは、うどんだしを新たに作る作業を始める。

「真野さんの旦那さんて、どういう仕事をしてはるんですか」

ユキちゃんがチラ見して聞いてきた。

そんなこと、ええやんか、別に。

しかし、こういうときに話をはぐらかすと、あの人は心を閉ざしている、とか、冷たい、とか思われてしまう。相手は年下だけど、上司である。

「うちは製薬会社の研究員やねんよ。朝から晩まで会社の研究室にこもってるさかい、浮気しようと思っても、する機会がないねんわ。それに人見知りする性格やさかい、仕事帰りに、おねえちゃんがいる店なんかに行ったりもせえへんし」

「製薬会社って、もしかしてオウギ製薬ですか」

「うん」

「うわ、すごいですね」

ついさっきまで泣いていたユキちゃんだったが、声のトーンはもう普通に戻っていた。

ちょっとしたことで落ち込む人間は、ちょっとしたことで立ち直れるから、あまり気にする必要はない――そんな格言だかことわざだかを思い出した。

南海市に本社があるオウギ製薬は、製薬会社の中では中堅どころだが、風邪薬やドリンク剤のテレビコマーシャルもやっているため、知名度はある。

朱音は「うちの旦那は、出世はせえへんと思うけどね」と言っておいた。実際、夫の勝裕《かつひろ》は、温厚で真面目《まじめ》である一方、社交性に欠けるところがある。上司にかわいがられるタイプではないだろう。

「あ、そういうたら真野さんの旦那さんて、長期出張――」

「うん、今年の二月から北陸にある子会社に行ってんねん。秋になったら戻ることにはなってんねんけどね」

「そしたら、今は息子さんと二人ですか」

「そうそう」

「ちょっと恥ずかしがりみたいな感じが、かわいいですね、息子さん。小四でしたっけ」

「今月から小五やけどね」

「あ、そうか」

ユキちゃんも、裕也《ゆうや》におどおどしたところがあるのは気づいているらしい。客として何度かここに連れて来たことがあり、ユキちゃんもあいさつをしている。

「父親に似て、人見知りのところがあるねんわ。もうちょっと、もの怖《お》じしないようになって欲しいもんやけど」

「きっと、お父さんみたいに、勉強ができるんと違います？」

「それがそうでもなくてね。真面目なんやけど要領が悪いっていうか、テストの成績はいっつも平均より悪いんよ。運動神経もよくないし」

「でも、真野さんの息子さんやったら、これから伸びてきますよ」

「そやったら、ええんやけど」

「あごがとがったところとか、笑ったときの感じとか、真野さんと似てるじゃないですか」

「いやいや、それはユキちゃんの思い込み。私、血のつながりはないから」

「えっ」

ユキちゃんが大声を出したので、店の前を通りかかった若いカップルから、何ごとだ、という感じで見られた。

別に隠すことではないと思うので、朱音は「あの子は旦那の連れ子なんよ」と説明した。

「そやったんですか……」

「うん」

「結婚したのは、何年ぐらい前ですか」

「二年ちょっと前」

「へえ」ユキちゃんは、普段は細い目を見開いて、まじまじと朱音を見つめた。「そやったんですか……旦那さんは、離婚されたとか」

ちょっとプライバシーに入り過ぎちゃうか。いつの間にか、こっちが事情を聞かれる側になってしまっている。

「いや、前の奥さんは事故死やねんわ。自転車に乗って買い物に出かけてるときに、年寄りが運転する車にはねられてんて。六年前ぐらい」

頭を強く打って亡くなったと聞いている。

「うわ、ひどい。犯人は捕まったんですよね」

「はねた車は直後に横転して、そのおじいさんも死んだんやて」

「あらぁ」

その年寄りは認知症の傾向があったという。遺産がなかったため、損害賠償金なども獲《と》れなかったが、生命保険金はそれなりに出たらしい。

「真野さんとは知り合いやったんですか、前の奥さん」

「いや、全然。私はその後で、中学の同窓会で久しぶりに再会したのがきっかけで、つき合うようになって。私ら二人とも奈良市内の出身やねんけど、たまたまお互いに南海市に住んでたことが縁で」

「あー、そうなんですか。そしたら、旦那さんとは同級生やったけど、最近になってつき合い始めて、結婚した、と」

「まあ、そういうこと」

少し妙な間ができた。

「真野さん、変なこと聞きますけど」

「何?」

「息子さんとの距離感って、そしたら難しいんとちゃいます?」

やっぱり入り過ぎ。

朱音は咳払《せきばら》いをして、「それより、ユキちゃんにアドバイスしときたいことがあるわ」と話の軌道修正をした。

「何ですか」

「軽い調子で言い寄ってくる男は、たいがいカスやと思た方がええよ。あのバンド君かて、向こうからアプローチしてきたんやろ」

「はい」

「ユキちゃんが今までつき合ってきて、別れた人って、もしかしたらみんなそのパターンとちゃう?」

「あー」ユキちゃんは視線を上にさまよわせた。「そうかも」

「いい男を捕まえようと思ったら、受け身になるんやなくて、この人や、と思う人を自分で見つけて、こっちからアプローチした方がいいよ。私の友達でも、別れた人ってたいがい、言い寄られてつき合い始めたパターンやから。私の中では、別れの法則って呼んでんねん。言い寄って来る男があかん理由、判る?」

「さあ……」ユキちゃんが首をかしげる。

「出会ってすぐに女性に言い寄るような男は、相手の女性がどういう人か、なんてことはどうでもええねん。単に落としたいから言い寄ってきよるだけや。そやから目的を達したら、手のひら返しで、次の獲物を探しにかかる。な、そやから、言い寄ってくる男を相手にしたらあかんの」

「ああ……村中旬道《むらなかしゅんどう》、みたいな」

「そうそう」

複数の浮気がばれて、若手人気女優から婚約解消された歌舞伎役者である。

「でも、今みたいな仕事してても、いい人って、見つけられないんと違いますか？　あ、同窓会という手があるかぁ。真野さんも、中学生のときの旦那さんを知ってたから、どんな人なのかが判ってて、安心してつき合えた」

「まあ、そういう面はあるかな、確かに」

「昔から人見知りなところはあったけど、真面目で、浮気とかするタイプじゃないって判ってたんですよね」

「どやったかなあ」

また聞かれる方に回っている。朱音は、どうやって再び話を軌道修正しようかと思ったが、ワイシャツ姿の男性客が「今いい？」と顔を覗《のぞ》かせたので、話をそこで終わらせることができた。

予定どおり、くらの庵を午後四時半に上がり、同じ一階フロアにあるスーパーで買い物をして、自転車を漕いで自宅に向かった。距離は約三キロ。家にはデミオが一台あるが、大雨のときや遠出する必要があるとき以外は使っていない。朱音自身がペーパードライバーで、あまり運転をしたくない、という事情もあるが、家のローンがまだまだ残っているので、ガソリン代を節約するためでもある。

上空は風が強いらしく、雲の流れが速い。太陽がその雲に隠れたり、また顔を出したりするので、そのたびに辺りがうす暗くなったり、明るくなったりした。

ユキちゃんから、息子との距離感うんぬんについて聞かれたときは、わきに冷や汗が出るのを感じた。

裕也とは、形の上では上手《うま》くいっている――と思いたい。

作った料理はちゃんと食べてくれるし、聞いたことには答えてくれる。夕食後に勉強を見てあげるようになって、成績も少し上がってきたし、夕食前には二人でトレーニングもしている。お笑い番組を見て一緒に笑ったり、好きな芸人について会話が弾むことも多い。平均的な母子よりも、むしろコミュニケーションは取れているはずだ。

裕也のことを、うとましく思ったことなどない。むしろ逆だ。勉強の要領の悪さに少しいらっとくることはあるし、虫や小さな生き物を捕まえて観察するのが好きなところも、そういうものが苦手な朱音は正直、やめて欲しいと思っている。しばしば見せる裕也の他人行儀な態度に、やはり他人なんだなという事実を再認識させられるときもある。

しかし、これから時間をかけて、母となり、子となってゆけばいいことだ。焦る必要はない。

でも、どうしたって埋められないのではないかという深い溝を感じるときがある。朱音は裕也の赤ん坊時代から二年前までのことを、夫の勝裕から聞いた知識としてしか知らない。あの子にとっても、新しい母親は、突然、家庭に入り込んで来た他人でしかない。

――朱音さんは間違ってると思う。

涙声で言ったときの、裕也の表情がよみがえった。

裕也なりに気を遣って、気持ちを精いっぱい抑えて口にしたのだろう。

しかし、涙がこぼれそうな目で見つめられたときに、こう言われた気がした。

朱音さんは僕の本当のお母さんとは違う。そやから判ってくれへんのや。

家の玄関ドアは鍵がかかっておらず、裕也は中にいなかった。ということは、勝手口側の雑草が生えたスペースでまた虫の観察をしているのだろう。

さきほど買った食材を冷蔵庫に入れ、白いパーカーとジーンズに着替えた後、勝手口を開けると、雑草が伸びるままになっている四畳分ぐらいのスペースに裕也はしゃがんでいた。裕也のそばには、百均で買った小型のプラスチック水槽。ここからは死角になっているが、虫眼鏡を持っているはずだ。

こうして裕也の背中を見ると、二年ちょっと前に初めて会ったときと較べて、ずいぶん体格がよくなってきたものだと思う。子どもの成長は早い。だが、それだけでなく、夕食前のトレーニングの成果だ。

裕也が振り返って立ち上がり、「ただいま」と、どこか作りものっぽい笑顔を向けた。

ただいまはこちらの台詞《せりふ》ではないかと思ったが、裕也の方も帰って来たばかりだからそう言ったのだろう。朱音は「お帰り」と返してから「何か捕れた?」と聞いてみた。

「うん」と裕也が水槽を拾い上げて掲げると、中にいるものを見て朱音は、ぞぞっと寒気を感じ、つい「うわっ、トカゲ」と顔をしかめた。

「トカゲの仲間やけど、カナヘビっていうやつやねん」

「素手で捕まえたん」

「うん。最初は逃げられてばっかりやったけど、慣れたら捕まえられるようになった。左手で捕まえるふりをして、そっちに注意を向けさせといて、右手でさっとつかむねん」

「咬《か》みついたりせえへんの？」

「指に咬みついてくることがあるけど、全然痛いことないよ」

よく見ると、同じプラ水槽の中に、緑色の小さなバッタが二匹、入っていた。

「そのバッタは、えさ？」

「うん。食べるとこを見たいねんけど、見てるときはなかなか食べへんねん。見てないときにいつも食べよんねん」

「人に見られたら食べられへん性格なんやね」

「多分」

「裕也さん、家の中で脱走されんようにしといてね」

「うん、大丈夫。カナヘビの力では、ふたは開けられへんから」

「それと、何回も言うけど、玄関より家の中に持って入らんといてね」

「うん」

これから数日間は、玄関の靴棚の上に、このトカゲ入りプラ水槽が鎮座することになりそうだった。

裕也は虫や小動物を捕まえては、デジカメで写真を撮って、数日間観察し、図鑑やネットでその生き物のことを調べて、満足したらまた元の場所に逃がす、ということを繰り返している。夫の勝裕が「生物学者になるかもしれへんな」と目を細めて言うので、朱音も気持ち悪いのを我慢して、できるだけ関心を持つふりをしているが、多分、裕也には本心を見抜かれているだろう。

「裕也さん、私、ちょっと出かけるけど、すぐに戻って来るさかい」

裕也の「うん、判った」という返事を聞いて、ドアの勝手口を閉めた。

勝裕と結婚する前から朱音は裕也のことを「裕也さん」と呼び、裕也も「朱音さん」と言っていたため、結婚してからもその呼び方が今も続いている。無理矢理「お母さん」と呼ばせることには抵抗感があるので、それで構わないのだが、他人の前ではその呼び方にためらいがあり、「ねえ」「あのさ」などと、名前を口にしない方法で話しかけるようにしている。

再び自転車に乗り、三百メートルほど離れた、同じ尾花町《おばなちょう》内にある南郷《なんごう》宅に向かった。直線距離はその半分ぐらいだろうと思うのだが、実際に行くには、入り組んだ住宅街の中を何度も右左折しなければならない。

数日前の夜に尾花公民館で子ども会の役員会があり、尾花公園に面した南郷宅の金網フェンスが、イバラのつるだらけになっているのを何とかしてもらおう、という議題が出た。転がったボールを取りに行ったり、虫捕りをしていた子どもが、金網フェンスの隙間《すきま》から飛び出しているイバラの棘《とげ》で怪我をしたという出来事が、最近続いたためだ。

そのときの子ども会で決まったことは、まずはつるが外にはみ出ないようにしてもらえないかと交渉してみる（剪定《せんてい》してもらえるなら子ども会の役員たちも手伝う旨を伝える）、それを聞き入れてもらえなかったときは、手前にロープを張るなどして、［トゲトゲにちゅうい！］という立て看板を設置する、というものだった。

朱音がその交渉役をしなければならないのは、子ども会の役員決めのときに、渉外担当という役職になってしまったせいだった。それ自体は構わないのだが、南郷という人物が、かなりの変わり者だと聞かされたことが気になっていた。

五十代後半ぐらいの一人暮らしの女性だが、いつも険しい表情をしており、あいさつをしても返事をしない、気むずかしい人物。ドーベルマンを飼っていて、尾花公園で子どもたちが騒いでいると、伸び縮みするタイプのリードにつないで出て行き、けしかけるようにして脅して、追い出そうとする、たちの悪いおばさん。去年の夏には、尾花公園で花火をしていた男女の高校生グループがそのドーベルマンに追いかけられ、悲鳴を聞いた近隣住人が１１０番通報して警官が駆けつける事態になったという。

それが本当だとすれば、かなりの要注意人物である。怒らせないよう、気をつけなければ。

まずは笑顔であいさつをして、いきなり本題に入るのではなく、まずは自己紹介をしたり、雑談から入った方がいいかもしれない。

尾花公園は、尾花町の南端を流れる水路沿いにある。広さはテニスコート二面分程度。周囲はイチョウやナンキンハゼの木々によって囲まれており、広場と、ブランコや滑り台などの遊具がある。出入り口は、水路沿いの遊歩道につながる南側と、朱音の家へと通じる北側の他、西側にもある。

尾花公園に入ると、八十過ぎの老人が、ポメラニアンと一緒に園内を散歩しているところだった。ときどき見かける老人で、リードにつながないで少し先を行くポメラニアンに向かってずっと「ミルクちゃん頑張れ頑張れ」「ミルクちゃん、その先を左に曲がるよ」「ミルクちゃん、水たまりに気をつけて」などと話しかけている、これまた変わった人である。朱音が「こんにちは」とあいさつをしても、ポメラニアンとの世界に入り込んでいるのか、それとも耳が遠いのか、返事をしてもらったことはないが、悪い人ではなさそうだ、という印象は持っている。今もずっとポメラニアンだけを見て、何やら話しかけながら公園の、向こう側の端を歩いている。

南郷宅は、尾花公園の西側に接しており、西側出入り口から通じている小路に面して玄関があった。やや古い感じの二階建てで、玄関を向いて左横にあるカーポートに、黒いマークⅡが停まっていた。確か今はもう製造されていない車のはずだが、見た目は新車のように、きれいだった。整備し直された中古車を買ったのかもしれない。

黒い柵《さく》の門扉《もんぴ》はしっかりと閉じられ、両側の門柱の上にそれぞれ、炊飯器サイズのアロエの鉢が載っている。カーポート以外の部分は、低いブロック塀と、その上に埋め込まれた黒い鉄柵、その奥は、確かコニファーとかいう植え込みで囲まれていた。そのせいで、カーポートの方から以外は、家の様子を窺《うかが》いにくい。

門柱の前で自転車を降りたが、チャイムを鳴らす前に、問題のイバラをまだこの目で確認していないことに気づき、尾花公園に戻った。イチョウの木が並ぶ、あまり日光が射さない南郷宅の裏側に当たる場所に入ると、コニファーとその手前の鉄柵に接している公園の金網フェンスに、確かにイバラが無秩序にからみついていた。近づいて観察すると、つるは棘だらけで、子どもが不用意に近づいて、怪我をするというのもうなずける。

金網フェンスは南郷宅の所有物ではなく、公園施設の一部である。法律的なことはよく判らないが、南郷宅から伸びた植物が、市の所有物にからみついているのである。撤去してもらいたい、と要請することは、筋が通ったことだろう。

ポメラニアンのミルクちゃんとご老人が、水路側の出入り口から出て行った。

再び南郷宅の玄関側に回った。右隣は空き地で、更地にされた場所にぽつぽつと雑草が伸びている。おそらく除草剤などが撒《ま》かれているのだろうが、それでも時間が経つと、雑草たちはたくましく育ち始める。

その更地に入ってみると、密集している植え込みのコニファーのせいで見えにくいが、そちらは南郷宅の庭がある側のようだった。

そのとき、息づかいと足音が近づいて来て、低いうなり声が聞こえた。

息を飲んで、植え込みの隙間から様子を窺う。少ししゃがむと、そこそこ中が見えるスペースが見つかった。

黒いドーベルマンが、歯茎をむき出しにして牙《きば》をむき、金網の手前にまで迫っていた。その息が顔にかかったような気がして、朱音は後ずさった。

こんなん、猛獣やんか。外に脱走したら、人が死ぬ事件になるで。

これは大変だ。南郷を怒らせてはならない。笑顔、笑顔。

朱音は深呼吸をして門扉の前に移動した。玄関チャイムを探したが、門扉の外側には見当たらず、玄関ドアの横に見つけた。つまり、訪問者は門扉を開けて入ってもよい、ということだろう。

朱音は門扉の向こう側にかかっているかんぬきを外して、三段の階段を上がり、玄関ポーチに立った。

もう一度、深呼吸をして、インターホンを鳴らした。見回すが、防犯カメラなどはないようだった。

家の中で気配があり、ドアの向こう側から「誰？」というぶっきらぼうな応答があった。

「すみません。尾花町の子ども会で役員をしている真野と申しますが」

「何？」

「公園の金網フェンスからはみ出てる、南郷さんのところのイバラのことで、ちょっとお願いがありまして。少しお話しさせていただいてもよろしいでしょうか」

数秒後にドアのロックが外され、顔を出した女と視線がぶつかり、朱音はたじろいだ。

相手は朱音よりも頭一つ分背が高く、肩幅も厚みもある、ただ太っているだけではないと判る体格の持ち主だった。光沢がある白いジャージの上下を着ており、髪を後ろでまとめているが、そのうちの一部がほつれて顔にかかっている。えらが張っていて、あごの片側に切り傷のような痕《あと》。そして下がり気味の目には、何を考えているのか判らない不気味さがあった。

2

南郷は玄関ポーチに出て来て「何や」と、威圧感のある低い声で言った。朱音はそれに気圧《けお》される形で、一歩下がった。

呑《の》まれたらあかん、こっちの言い分の方が、筋が通ってるんやから。朱音は自分に言い聞かせた。

「あの、南郷さんのお宅の、公園に面してる部分なんですけど、イバラが結構伸びて、公園の金網フェンスにからまってるんです」

「…………」

「ご存じ、です、よね」

「それが何や」

「実は、公園で遊んでる子どもがときどき、そのイバラの棘で怪我をしてるんです」

「…………」南郷は無表情に見返しながら、腕組みをした。

「イバラは、意図して植えられたものなんでしょうか」

「ああ？」

「南郷さんが植えられたものなんでしょうか」

「勝手に生えたんや」

　本当かどうかは判らないが、そういうことはある。朱音宅の敷地内でも、名前を知らない雑木が勝手に伸びてくることがある。雑草の場合はタネが風に乗って飛んで来ることが多いが、雑木の場合は、鳥がタネを飲み込んで、未消化のままふんを落としてゆくからだと聞いたことがある。海底火山などの活動によってできた溶岩の島が、数年後には緑に覆われているのも、鳥のお陰だと、裕也と一緒に見たドキュメント番組でやっていた。

　いやいや、鳥のふんのことなど、今はどうでもいい。

「そしたら、南郷さんご自身も、手を焼いておられる……」

「いいや、そんなことない。防犯に効果があるさかい、ちょうどええ」

「あの……先ほど申しましたように、公園で遊んでる子どもが怪我をすることがあるんですよ」

「親が気をつけるように教えたらええことやろ」

「まあ、そうなんですが……あ、待ってください」南郷がドアを引いて中に戻ろうとしたので、朱音は止めた。「ちゃんと話を聞いてください。イバラは公園の金網フェンスにからみついてるんです。つまり、南海市の施設に、南郷さんのところから伸びたイバラがからみついてる、ということです」

「それが何やねん」南郷は眉間《みけん》にしわを寄せた。

「何やねんって……例えば南郷さんのお隣さんの家から木の枝が伸びてきて、敷地内に侵入したら、困るでしょう」

「うちに隣の家はない」

確かにそうだった。東側は公園、西側は更地、北側は小路に面しており、南郷宅の裏手にあたる南側は、業者の倉庫のような建物があるだけだ。

「仮にの話です。逆の立場やったら南郷さんも困るでしょう」

「市役所はどない言うてんねん」

「まだ市役所には言うてません。まずは南郷さんに相談させてもらって、解決できるならそれに越したことはないと思ったので」

「勝手に伸びてきたイバラや。こっちの責任とちゃうわ」

「それは判ります。そこでご相談なんですが、公園の金網フェンスにからみついてる部分だけ、子ども会の方で剪定させてもらいたいんですけど」

「あんた、聞いたことを覚えてへんのんか」

「は？」

「防犯や、防犯。結果的にはちょうど、ええ防犯になってるんや。あんたらが勝手なことをしたせいで、泥棒に入られたら、どう責任取ってくれるんや」

「でも、さっき言ったように、市の施設ですから。子どもが怪我をしてるんです」

「そやから」南郷の声が苛立《いらだ》たしげな口調になってきた。「文句があるんやったら市役所に行けや。子どもの怪我なんか知るか。親の責任じゃ、あほっ」

そう言うなり南郷は、たれ気味の目を逆に吊《つ》り上げて睨《にら》み、ドアを開けて家の中に消えた。どすどすという足音が遠ざかる。

朱音はあっけにとられて、しばらくの間、その場に立ち尽くしていた。

なんやの、あの女……。


帰宅して、プランターで育てているネギと水菜にじょうろで水をやり、ネギも水菜も少しずつ収穫した。今夜のおかずに使うためだ。

洗濯物を取り込んだ後、夕食の準備にかかった。その間に、だんだんと怒りが増してくるのを感じた。

あの非常識きわまりないおばさんは何なのだ。子どもが怪我をすると言ってるのに、逆ギレして話し合いを拒絶するとは。いったい、どういう育ち方をしたら、あんな無礼で傲慢《ごうまん》な態度を取る人間になるのか。

さきほど、スマートホンから市役所の公園課に電話をかけてみたところ、近いうちに担当者が事実確認をしに行きます、と言われた。いつですかと尋ねたが、いつと今すぐには申し上げられませんが、できるだけ早いうちに確認するように致します、とのことだった。役人の、できるだけ早いうち、というのは、どれぐらいの時間枠なんだろうか。

子ども会の衣川《きぬかわ》会長にも電話をかけたが、携帯の電源を切っているようで、つながらなかった。衣川会長は七十代ぐらいの男性で、自治会の副会長や市の体育協会の役員をやっている、いわゆる町内の顔役だが、子ども会の会合は「会長というのはお飾りやから」と言って欠席することが多い。聞いた話によると、元刑務官で、市内にある刑務所の敷地内にある柔剣道場で、少年剣道クラブに指導をしたり刑務官の剣道チームのコーチをしたりするのに忙しいらしい。この前の子ども会にも衣川さんは来ておらず、出席したのは、三十代から四十代の母親五人だけだった。だから朱音は一人で南郷宅を訪ねることになったのだが、あんなたちの悪いおばさんだと知っていたら、衣川さんに頼んで、同行してもらっていたはずだ。

今夜は、豚の生姜《しょうが》焼き、水菜を混ぜたキャベツの千切り、卵焼き、豆腐と揚げとネギの味噌汁《みそしる》とご飯。作っている間に、裕也が風呂の掃除と、食洗機に入っている食器を片付ける作業をいつもやってくれる。夫の勝裕から言われて始めたことらしかったが、嫌な顔をすることなく、決まった時間にちゃんとこなしている。それが終わると、小型ゲーム機で遊んだり、録画したアニメを見たりするのがいつもの習慣である。

夕食の仕込みが七割方終わったところで、朱音は「裕也さん、そろそろトレーニングしようか」と声をかけた。裕也は「うん」とうなずいて、ゲームをやめた。

リビングスペースで、毎日二人でやっているトレーニングを始めた。結婚してすぐに、裕也がクラスでいじめの標的になっていることを勝裕から聞かされ、三人で話し合って、いじめっ子に対抗できるように身体を鍛えよう、ということに決まり、朱音も一緒にやり始めた。トレーニングメニューは、大学時代にジムに通っていたことがあるという勝裕が、ネットからも情報を集めて、考えてくれた。

まずは腕立て伏せ。胸の筋肉だけでなく、上腕三頭筋（力こぶの裏側の筋肉）も同時に鍛える目的で、肩幅より少しせまく手をついて行う。二年前に始めたとき、裕也は二回しかできなかったが、今では二十回以上できるようになった。最初に裕也がやり、朱音が声に出して数える。ついでに、限界に近づいてきたら「まだいける」「あと一回、頑張れ」などと励ます。

裕也が終わると、今度は朱音の番。裕也は特に何も言わないで、回数だけを数える。二年前に始めたときは七回だったが、少しずつ回数が増えて、今は十五回。回数だけでいうと、裕也に追い越された形である。ただし、回数よりも、丁寧な動作で、筋肉をしっかり刺激することが大事だと、勝裕から言われている。

次は小型テーブルの下に潜り込んで、両端をつかんで行う、斜め懸垂。背中と上腕二頭筋の運動である。もともと、来客などで普段使っているダイニングテーブルだけでは足りないときに備えて置いてあるものだが、今ではもっぱら斜め懸垂用のトレーニング器具になっている。裕也は十九回、朱音は十八回。

続いて、片方五キロの鉄アレイで頭上にプレス。肩の筋肉を鍛える運動。コツは、手のひらが前を向くように、両ひじを横にしっかり広げた姿勢から始めることである。裕也は二十二回、朱音は二十六回。朱音の方が多くできるのは、別に肩が強いからではなく、体重を負荷にする種目と違って、鉄アレイの重さだけが負荷になるため、体重差で朱音の方が多く上げられる、というだけのことである。

上半身の運動の後は、腹筋運動のクランチ。いわゆるシットアップではなく、上体を起き上がらせてしまう手前でやめる。シットアップは腰を痛める危険性があり、クランチの方が実際は理にかなった腹筋運動なのだという。二人とも、丁寧な動作を心がけて、四十から五十回で限界になるように持っていく。

最後に下半身、ジャンピングスクワット。少しだけジャンプして、できるだけ着地音がしないように、腿《もも》とふくらはぎの筋肉に重力を吸収させる。このやり方だと、普通のスクワットの倍以上の強度になる。裕也は三十回、朱音は二十二回。

すべてを終えると、息が上がって汗もにじんでいるが、心地よい疲労感が残る。二年前のトレーニング初日に、高校生のときに護身術教室に通っていたときの、練習後の爽快感を思い出して、今の生活に足りなかったのは、こうやって身体を目いっぱい使うことだったのだと感じたものだ。だからトレーニングは全くストレスにならない。むしろ、用事があってできなかったときの方が、もやもやした気分に囚《とら》われる。その上、以前はしばしば見舞われていた肩こりや脚のむくみもなくなったし、裕也との大切な共有時間が作れたことも大きなメリットだと思っている。

ただし、今日のトレーニングに限っては、あまり爽快な気分にはさせてくれなかった。

あいつのせいだ。

テレビのニュース番組を見ながら、ダイニングテーブルで夕食を摂った。朱音が育った家では、夕食時はテレビをつけてはいけなかったが、勝裕は普通につけていたので、それが真野家のスタンダードになっている。

裕也は少し小食なところがあるが、出したものはほぼ残さずに食べてくれる。ただし、「美味しい」「美味しくない」などの感想はほとんど口にしない。食べ物にうるさくない、ということなのかもしれないが、多分、気を遣ってのことだろうと感じている。美味しい、という褒め言葉も、それを言わなかったときは、美味しくない、という意思表示になってしまう——裕也は、そういうことまで気を回してしまうところがある。

「裕也さん、今日は学校、どやった？」

朱音がそう尋ねると、裕也は「大丈夫やったよ」と答えた。今日は意地悪をされたり、嫌な思いをすることはなかった、という意味である。五年生の新しいクラスになってまだ日が浅いため、今のところは何ごともないようだが、油断は禁物だ。四年生のときに一緒だった児童が、クラス内で裕也の情報を広めるのは時間の問題なのだから。

「嫌な奴はいる？」

「まだおらへんよ」

まだおらへん、という言い方に、そのうちに出現するだろうという、あきらめと覚悟みたいなものが感じられた。

「何かあったら、我慢せんで言うのよ」

「うん」

「杉浦《すぎうら》とはクラスが変わったから、一安心やけどね」

「うん」

杉浦は四年生のときのクラスのボス格で、取り巻きに指示を出して、裕也の持ち物を隠したり、ヒラ社員、とか、見習いくん、などという変なあだ名をつけて広めたりした児童である。朱音がしつこく担任にかけ合って、五年生では別のクラスにしてもらったが、どのクラスにもたいがい、杉浦みたいな奴はいるものだ。

「今日は体育があったんやろ。何をしたん？」

「短距離走と幅跳び」

「どやった」

「短距離走は三位やった。幅跳びは下の方やった」

「短距離走は何人ずつで走ったん」

「六人ずつ」

「へえ、六人中の三位、頑張ったやん」

裕也は、運動会の短距離走でビリになることが多かったと勝裕から聞いていたが、去年は四位だった。タイムが近い子同士での競争だったらしいが、トレーニングの成果が少しずつ現れていることは確かである。特にここ半年は、トレーニングのどの種目も、回数が順調に伸びている。それにつれて体格も、多少はがっしりしてきた。

しかし、問題はメンタルの方だった。裕也は、身長も体重も平均以下で、運動神経もあまりよくないが、そういうことよりも、闘争心のなさが強く影響しているのではないか。勝負ごとで勝ちたい、負けたくない、という気持ちがどうも希薄なのだ。

父親の勝裕にも、そういう部分は感じている。その一方、やると決めたことは、トレーニングにしても勉強にしても、不器用ながらも投げ出さずに続ける持続力、自分を甘やかさない自制心のようなものがある。それも父親譲りだろう。

勝裕とは奈良市内の中学三年生のときに同じクラスだった。その頃の勝裕は、家が貧乏で、よれよれのシャツやズボン姿で、弁当も菓子パン一個、クラスの中では腫《は》れ物に触るような、浮いた存在だった。しかしその後、彼は、アルバイトをしながら定時制高校と夜間の大学を経て、オウギ製薬に入った。三年前の同窓会で再会して、その変身ぶりに驚くと同時に、本当に強い人間というのはこういう人なんだろうとしみじみ思ったものだった。

その勝裕と交際することになったのは、お中元やお歳暮に利用してもらうつもりで、同窓会の場で、当時勤めていた水産加工品の会社の名刺を渡しておいたところ、後日「お互いに南海市内在住のよしみで」と注文の連絡をもらったことや、たまたま駅のホームでばったり会って、待ち時間の間に互いの話をしたことがきっかけだった。勝裕の奥さんが亡くなっていたことや、息子が一人いること、残業が多いので大学生の従妹《いとこ》にバイト代を払って家に来てもらってることなどを知ったのも、そのときだった。

中学生で同じクラスだったときは全く関心などなかったのに、駅で偶然会ったときは何か運命的なものを感じて、柄にもなくときめいた。また、三十を過ぎていて、結婚には縁がないかもしれないと焦りを感じていたという事情もあった。

中学生時代に実は好きだった、と勝裕から言われたのは、婚約指輪をもらったときだった。文化祭の準備で一緒にスーパーなどを回って段ボールをもらうときに、朱音が、はきはきと店の人たちに説明して頼むところを見て、格好いいと思ったという。朱音は全く覚えておらず、もしかしたら、他の女子と記憶を間違えているのかもしれないが、勝裕がそう思っているのなら、そういうことでいい。

テレビのニュースで我に返った。

いじめを苦にして女子中学生が飛び下り自殺した、と報じている。学校側は、いじめがあったとは認識していなかった、などとまた言ってる。教育委員会や学校はいつになったら、いじめ問題に本気で取り組むのだろうか。

裕也の様子を盗み見る。この手の報道のときは、箸《はし》を運ぶ手が止まることが多い。やはり止まった。朱音は余計なことは言わず、気づかないことにしてご飯を口に運んだ。

「ローカルニュースに変わったところで、朱音は「裕也さん、ドーベルマンって知ってる?」と聞いてみた。

「ドイツ原産の大型犬の？」

裕也は昆虫や小動物だけでなく、動物図鑑もよく眺めているので、原産国を知っていたとしても驚くことはない。

「よく知ってるやん」

「図鑑に書いてたから。警備犬、軍用犬、警察犬として改良された犬で、一般人がしつけるのは難しいって」

「そうなんや。どう猛なんやろ」

「多分。でもしつけ方やと思うよ。盲導犬になることもあるそうやから」

「あ、ほんまに。ところで、尾花公園の隣にドーベルマンを飼ってる家があるんやけど、知ってる？」

「公園の、小さい方の出入り口のとこ？」

「うん、そう」

「ドーベルマンかどうかは判らへんけど、その家の裏で虫捕りしたら、大きい犬が向こう側でうなってるのが聞こえるよ。近づくなって、怒ってるみたいな声」

「その家のおばさんは知ってる？」

裕也はうなずいて「何で？」と尋ねた。

「うん……人の悪口はよくないねんけどね、そこのおばさんち、イバラがからみついてるのよ、金網に」

「うん、知ってる」

「それで、小さい子どもが怪我をしてるから、子ども会として、切って欲しいって、今日の夕方に頼みに行ったんやけど、逆ギレされて追い返されてん」

「ふーん」

裕也は、あまり関心がなさそうだった。というより、諍《いさか》いが嫌いな性格だから、そういう話を聞きたくないのかもしれない。朱音は「ちょっと変わってるおばさんみたいやから、気をつけた方がよさそうやね」と言っておいた。

裕也が入浴している間に、二階の裕也の部屋に入って、ランドセルの中身をざっと、あらためた。覗《のぞ》き見は感心しないことだと判っているが、ノートに落書きをされたり、破られたり、文具がなくなっていたりしないかどうかをチェックすることで、いじめがまた始まっていないかどうかを知ることができる。

子どもにしては整理整頓された室内を見回し、本棚に目をやった。一番下の段にある数冊の写真アルバムには、裕也の実の母親である美也《みや》さんの写真も入っている。朱音はもちろん直接会ったことがないが、アルバムはちらっと見たことがある。どちらかというとぽっちゃり体型である朱音と違って美也さんはスレンダーで、上品な顔だちをしている。朱音がめったにはかないスカート姿の写真が多かった。

上の段に目をやると、生き物の図鑑、未確認生物にまつわる本や漫画に混じって、マハトマ・ガンジーの伝記本と伝記マンガが計四冊。非暴力不服従という方法で、イギリスからのインド独立を成し遂げた、裕也が尊敬する人物。

裕也が、誰かから悪口を言われたり手を出されたりしても反撃しないのは、明らかにガンジーの影響である。暴力に暴力で対抗しない、しかし服従もしないし、抵抗を続ける。かつてガンジーに導かれた人々は、支配者だったイギリスの暴力に反撃をせず逃げることもせず、ひたすら耐えながら、イギリス製綿製品の不買運動などの抵抗活動の輪を広げ、ついには独立運動へのうねりを生んだ。

確かに尊敬に値する、立派な信念だが、やられてもやり返さないせいで、いじめの標的になる、ということが裕也には判っていない。

半年前、いじめに対抗して、身体を鍛えるだけではなく、護身術の練習もしようと持ちかけたときに、普段はおとなしく言うことに従ってくれる裕也が、「それは……嫌」と目を伏せて頭を横に振った。理由はもちろん判っていたが、そのときばかりは朱音も引くつもりはなかった。

――やられっぱなしやから、余計に面白がってやってくる奴らがいるんやで。

――裕也さんも怒ったら怖いということを教えてやったら、いじめられへんようになるんと違うか。

——テレビで活躍してるタレントのショウゴは、小学校のときずっといじめられてたけど、六年生のときに、かっとなって、いじめっ子にハサミを投げつけたら、こいつは怒らせたらヤバいって思われて、いじめられへんようになってんて。黙って我慢してたら、ずっと続いてたやろうって、本人が言うてたよ。

——そやから、護身術の練習もしよ。悪いことをしてくる奴らは、こらしめるべきや。

——偉人の真似《まね》をしたって、いじめを防ぐことなんてできひんのよ。

そのとき、朱音の言葉を、何かをこらえるようにして黙っていた裕也が、顔を上げた。

そして涙目で、声を震わせて言った。

——朱音さんは間違ってると思う。

ここでやめないと、それまでに作り上げてきた関係が壊れると思った。裕也の言葉には、そういう覚悟が感じられた。

以来、護身術の話はしていない。

あのとき、朱音は実は、さらにこう言いかけた。

ガンジーは結局、暗殺されたやんか。身を守れへんかったんやで。

言わなくてよかったと思う。

ガンジーと裕也の出会いは、母親の美也さんが亡くなった後、彼女の遺品の一つである小学校の卒業文集の、尊敬する人の欄に、ガンジーの名前を見つけたことがきっかけだった——勝裕からそう教えられた。

もしかすると小学生のときの美也さんは、軽い気持ちで適当にガンジーという名前を記入しただけなのかもしれない。小学生が、尊敬する人は、と聞かれたら、ヘレン・ケラー、エジソンなどが、いかにも、という無難な答えだろうが、ガンジーというのも、そのうちの一人だろう。

裕也にとっては、実の母親から受け継いだ、誰にも邪魔されたくない心の領域なのだ。だから、新しい母親からケチをつけられることを過敏なほどに嫌う……。

朱音が裕也の部屋から出ようとしたときに、ポケットに入れていたスマホが鳴ったので、どきっとした。

自分の寝室に移動して画面を見ると、勝裕からのメールが入っていた。

今日も残業だということ、開発中の機能性食品に手応《てごた》えを感じているが気に入ってくれない役員からいろいろ注文をつけられたこと、休日しか洗濯ができず着るものがなくなったので帰りにコンビニで下着を買うつもりだということ、ゴールデンウィークの前半か後半に三日ぐらい帰れると思うけれど日程はぎりぎりまで判らないということ、など。

朱音は、身体を壊さないようにということ、裕也が体育の短距離走で三位だったこと、カナヘビを素手で捕まえたのでびっくりしたこと、などを返信しておいた。南郷のことには触れないでおいた。仕事が忙しいところに、そんな情報を伝えたら、睡眠の妨げになる。

勝裕がいない間は、母親だけでなく、父親の役目もしっかり果たさないと。あんなおばはんに負けてたまるか。

入浴後は、ダイニングのテーブルで、裕也の宿題とドリル学習を見てやるのが日課である。国語と理科以外は平均以下の成績なので、五年生の間に全科目を平均以上にしよう、という目標を掲げている。

この日の宿題は、算数の計算問題と漢字書き取りのプリントだった。朱音はかたわらで新聞などを読み、判らないところがあれば教え、ひととおり終われば、仕上がりをチェックする、というのが毎度のパターンである。

その後、社会と理科のドリルを一ページずつやらせた後、録画した番組『シリーズ謎《なぞ》の生物に迫る！』を一緒に見ながら、リンゴをむいて半分ずつ食べた。裕也の最近のマイブームが未確認生物で、この手の番組はすべて録画して、ちょいちょい繰り返し見ているようである。

テレビ画面では、ツチノコの新たな目撃情報を、イラストで伝えていた。今の時代だったら、スマホやガラケーで簡単に撮影できるだろうに、たまたま目撃したのは、そういうものを持っていない農家のおじいさんだったという。

「ツチノコって、あんな平べったいねんから、ヘビみたいにくねくねと進めへんよね」

「うん。そやから、尺取り虫みたいに進むとか、丸まって転がりながら進むとか、説があんねん」

「裕也さんはいると思う？」

「僕は、本物のツチノコはいいひんと思う」

「あ、そう思ってるん」

「うん、でも、目撃した人たち全員が、うそをついてるわけでもないと思うねん」

「どういうこと？」

「ちょっと待ってて」

裕也はリンゴの残りを口に押し込んで、リモコンを操作して画面をいったん止め、階段を上がって行った。

すぐに戻って来た裕也は、は虫類の図鑑を持っていた。

「これが正体やないかと僕は思うねん」

裕也がそう言って広げたページには、胴体が太くてずんぐりした、手足の短いトカゲの写真が載っていた。アオジタトカゲという名前らしい。

「アオジタトカゲの仲間は、インドネシアとかオーストラリアにいるねんけど、手足が短いさかい、草むらの中におったら、手足がないように見えるやろ」

「あー、なるほど。外国産のペットを逃がす人とかおるしね」

「ツチノコって、江戸時代の書物にも載ってるんやけど、南蛮貿易とかで運ばれてきたものに紛れ込んでたりした可能性があるんちゃうかな」

「なるほど。そういう説もありか。裕也さん、探偵みたいやね」

「いや、僕が考えた説やなくて、前からある説」

「あ、そうなん。じゃあ、ネッシーは？　あれもおらんと思う？　長い間、ネッシーの写真として有名やったやつ、ねつ造やったんやろ」

「ネッシーはおらへんと思う。そやかて、生きていこうと思ったら、それなりの個体数が必要やろ。一頭だけ生きてると考えるのは無理があるから」

「まあ、そやね」

「そやけど、昔からの目撃証言の全部がうそでもないと思うねん」

「今度は何と見間違えるん」

「ゾウ」

「ゾウ？」

「深夜にネス湖で目撃した例は、僕はゾウやと思う。ゾウって、割と泳ぐのが好きやねん。鼻先とか頭だけを水面から出してたら、ネッシーにそっくりやろ。水から上がって歩いてるのを見た人も、電気が普及してない時代の夜中やったら真っ暗やから、別の巨大生物やと思ってしまっても、不思議やないから」

「そやけど、ネス湖って、スコットランドやなかった？」

「サーカスとか移動動物園とか、かなり昔からあってん。それで、調教師が夜中にゾウを連れ出して、こっそり水浴びさせてた。それを目撃した人たちの証言が、ネッシー伝説になった」

「なるほど、なかなか説得力あるね」

裕也が未確認生物に興味を持っているのは、実在することを期待してではなく、真相を究明しようという方向性らしい。あまり子どもらしくはない考え方のような気がするものの、そういう興味の持ち方があってもいい。勝裕の遺伝子が影響しているのかもしれない。

それに、特定の分野に興味を持てば、そこを起点として知識が広がってゆくものだ。アオジタトカゲのことを知れば、インドネシアやオーストラリアという国を知るし、ツチノコの目撃談について詳しくなれば、南蛮貿易などの歴史にまつわる知識も増える。

裕也は、ちょっと変わっているところはあるけれど、決して駄目な子ではない。むしろ知識欲や好奇心が旺盛《おうせい》な、可能性を秘めた子だ。

十時半に裕也が就寝した後、炊飯器と洗濯機のタイマーをセットした。リビングのソファに腰を下ろして、何となくテレビのニュースを見ていると、ダイニングのテーブルに置いていたスマホが鳴った。

奈良の実家に住むお母ちゃんからのメールだった。電話して、とある。お母ちゃんからの電話はたいがい、平日の昼間か、この時間である。裕也がそばにいないときを選んでいるのだ。

ソファに座り直し、テレビを消してお母ちゃんのスマホにかけた。

予想どおり、第一声は「裕也くんは寝たか」だった。

「うん、さっき寝た」

「いじめとか、新しい学年になってから、どやの」

「今のところは大丈夫。気はつけてるよ」

「そうか。勝裕さん、ゴールデンウィークには帰って来るのんか」

「うん、日程は直前まで判らへんけど」

「そうか」

「どうかしたん」

「あ、そやった、そやった、肝心の用事を忘れて切るとこやった。福井の瑞代《みずよ》ちゃん、覚えてるやろ」

一つ年下の又従妹だ。親戚の葬式のときぐらいしか会わないが、福井で旅行会社に勤めていると聞いている。

「ずっと会ってないけど」

「まあ、そやろな」

「瑞代さんがどうしたん」

「おめでたやってんけど、赤ちゃん、あかんかってんて」

「流産ってこと？」

「そう。やっぱりあれやったらしいわ、ほら、年が年やから」

「三十代はそんな年でもないでしょ」

「いやいや、赤ちゃんを産むということでは、年やで」

「…………」

「それを聞いたさかい、ちょっと心配になってね。朱音は子ども、どないすんのん」

「どないって……できれば欲しいと思ってるけど、今すぐというわけにはいかへんから」

「やっぱりあれなんか、裕也くんに気を遣ってるってことか」

「気を遣ってるというのとは違うよ。ただ、まだあの子との関係を作ってる途中やと思ってるから」

もし赤ちゃんができたら、幸せなことではあるけれど、そうなれば確実にゼロ歳児が最優先の日々になるだろう。裕也はまだ十一歳の子どもで、実の母親を失い、心に穴が空いている。まだしばらくは、裕也の方を向いていてやることが、新しい母親としての責任だと思っている。偽善的な考えかもしれないけれど。

「そやけどあんた、このまま先延ばしにしてたら、瑞代ちゃんみたいに――」

「四十過ぎて出産してる人もいるがな」

「初産と違うがな、そういう人は」

「そんなことないよ」

「あるて。三十代も後半になったら、出産に危険が伴うんやで」

「あくまで統計的な話やがな」

「自分だけ例外やと思たらあかんがな」

「とにかく、今はまだその時期じゃないから」

電話の向こうで母親のため息が聞こえた。

「孫やったら達也《たつや》兄ちゃんの方にもういてるやん。私にプレッシャーかけるのやめて」

「またそんな言い方して。達也は達也、あんたはあんたやろ」

「そやったら余計に干渉せんといてよ」

無言の間《ま》ができた。

もともと両親は、連れ子がいて再婚となる勝裕と結婚することに反対していた。特にお父ちゃんは強硬で、勝裕の両親が既に他界していることまで持ち出して「短命の家系や。そういう男と一緒になったら後悔する」などと因縁をつけ、結婚式に出席しない、などとごねていた。結果的には出てくれたものの、終始ぶすっとした態度で、余計なことを言い出さないかヒヤヒヤして、結婚式を味わう気分ではなかった。

お父ちゃんは今も、いろいろと口実をつけて勝裕とできるだけ会わないで済まそうとしている。実の娘が産んだ孫ができたら、それも変わるかもしれないのだが……。

「お父ちゃんは元気にしてるか」

「まあまあやね。ちょっと腰の調子がようないみたいやけど、仕事は行けてるから」

父親は中学校の数学教師を定年退職した後、今は中央公民館で嘱託職員をしている。公務員だったから、コネがあったのだろう。

「血圧が高いのは大丈夫か」

「薬飲んでるさかい」

「タマネギとかトマトとか、血圧を下げる食べ物を摂るようにって言うといて」

「お父ちゃん、トマトは嫌がるけど、朝にバナナを食べてるから」

「バナナも血圧下げるんか」

「そうらしいよ」

「あ、そう」

「タマネギも、おかずに入れるようにしてるわ」

まだ父親も起きているのだろうが、電話を替わろうか、と母親は言わない。

「そしたら、お父ちゃんにもよろしく言うといて」

「判った。勝裕さんにも」

「はーい、おやすみ」

スマホを切って、ふう、と息を吐いた。

朱音は高校生になるまでは、おとなしい方だった。授業中に当てられると緊張して赤面することが多かったし、友達のグループの中でも目立つ行動は取らず、相づちを打って、他の子がどう出るかを確かめてから、それに合わせるようにしていた。

その頃のお父ちゃんは、家の中では暴君で、ささいなことで家族を怒鳴りつけ、返事が小さい、テストの成績が悪い、言い訳をするな、などの理由で、兄の達也と共に、しばしばビンタを食らったり、頭をはたかれたりした。だから、お父ちゃんが近くにいるときは、条件反射で身体が強《こわ》ばった。

転機は、朱音が高校一年生の夏に痴漢被害に遭ったことだった。友達と花火大会を見に行った帰りに、自宅にほど近い暗がりの道で、見知らぬ男に抱きつかれた。幸い、押し倒される前に突き飛ばして逃げることができたのだが、その体験によって、ずっと抑えられていたもやもやしたものが弾けたようだった。

犯人は不明なままだったが、また襲われるのでは、という恐怖よりも、ふざけやがって、という怒りの方が膨らみ、テニス部を辞めて、市内にあった護身術教室に通うようになった。インストラクターの女性は、柔術の黒帯で、親切に基本から教えてくれたため、練習に挫折《ざせつ》することもなく、通い続けることができた。

護身術教室に通って一年ほどが経った高二の夏、お父ちゃんと衝突するときがきた。きっかけはささいなことで、仲がよかった女子のクラスメイトが抽選で当たったという二泊三日のバス旅行に誘われたのを、お父ちゃんは「あかんぞ」と言い出し、「何でやの」「保護者同伴やないと許さん」「ちゃんとしたツアーやんか」「高校生はまだ子どもや」「行く」「あかんと言うてるやろ」といった言い合いになったのだった。夕食後のダイニングで、お母ちゃんはおろおろしていた。

その頃はさすがにお父ちゃんも高校生の娘に手を上げるということはなくなってい

たのだが、普段は従っていたはずの娘から予想外の抵抗をされたことで、怒りのメーターが振り切れたのか、いきなり強烈なビンタが飛んできた。朱音はそれをもらってスイッチが入り、気がつくと、お父ちゃんに前蹴りを見舞っていた。続けて、顔を赤くしてうめくお父ちゃんの背後に回り込み、チョークスリーパーを仕掛けた。片腕を首に回して、もう片方の手で固定する、柔道でいう裸絞めである。

後日、前蹴りだけでやめておくべきだったと思ったが、そのときは、護身術教室で繰り返し指導されたことが行動を支配していた。最初の一撃だけで気を緩めたら絶対に駄目、敵の抵抗力を完全に奪うまでやり通すこと。それができなくて犯罪者の反撃を食らい命を落とした人は無数にいる――。

「娘は親の持ちもんやないっ」

絞めながら、そんな言葉を口にしたらしい。らしい、というのは、朱音自身は、はっきりとは覚えていないのだが、お母ちゃんから後でそう言われて、そういえばそんなことを言ったかもしれない、と何となく思い出した。

練習で加減は判っていたつもりだったが、そのときは興奮状態だったせいか、父親を落としてしまった。つまり、頸動脈《けいどうみゃく》を圧迫し過ぎて脳への酸素供給を絶ち、失神させてしまった、ということだ。お父ちゃんはだらんと力が抜けて、うつろな目で崩れ落ちた。

お母ちゃんは悲鳴を上げて救急車を呼ぼうとしたが、朱音が止め、背中を叩《たた》いて活を入れると、お父ちゃんは意識を取り戻した。

そのときのお父ちゃんは、何が起きたかを思い出したのだろう、恐ろしいものを見るような涙目で、朱音を見上げていた。

以来、お父ちゃんとの関係は、ぎくしゃくしている。朱音のすることが気に入らないときは、自分では言わず、お母ちゃん経由で言ってくるようになった。たまに実家に帰っても、二人だけになると、そわそわして「あれはどこやったかな」などとぶつぶつ言いながら、別の部屋に行ってしまう。朱音自身は、それで構わないと思っている。かつての暴君ぶりは大嫌いだったが、今のお父ちゃんは、そうでもない。少々気の毒に感じるときはあるが。

床に入ったものの、寝つけなかった。今日は後半にいろいろあった。特に南郷という不愉快な存在が、眠りを妨げていた。

朱音は足音を殺して階段を下り、冷蔵庫から缶酎ハイを出した。

夜中のダイニングに、げっぷの音が妙に大きく響いた。

3

　翌日も、くらの庵の先輩パート従業員、石居さんは朝から機嫌が悪く、注文を伝えても、ぶすっとした顔で、返事をしなかった。この人に限ってはこういうことは珍しくないので、いちいち「どうしたんですか」などと聞いたりせず、朱音は放っておいた。そういう態度であっても、ちゃんと仕事をしてくれるのなら構わない。

　昼食時のピークを過ぎて、石居さんが何も告げずに先に休憩を取っていなくなった後、隣の牛丼店長がカウンターの向こうから「お疲れ様です」と声をかけてきた。年は四十前後、中肉中背よりもやや細身で、あごが少し出ている。ゴルフでもやっているのか、陽焼けしている。にやにやした顔つきや、金のブレスレットやネックレスをしているせいで、ちょっとチャラい印象がある。

「あ、どうもお疲れ様です」と朱音も笑顔を作って応じる。

　掃除のおばさんから聞いたところによると、この牛丼店長は、自身の店で働いていたパート女性に手を出したことが原因で離婚しているという。

牛丼店長が「今日の売り上げはどうです？」と聞いた。

「普通ですかね」

「うちは右肩下がりですよ。あっちにできたカレー店に客が流れてんのかなあ」

「どうでしょうね」

「うどんの店は他と競合せえへんから、ええですよね。このフードコート内には、そば屋なんかもないし」

「でも、うどんは、気温が上がると売り上げが落ちるんです。これから夏に向けて、悪くなってくるんですよ」

「冷やしうどんがあるから大丈夫でしょう」

「それが、それほど売れる商品でもないんですよ。ラーメン店の冷麺《れいめん》には全然勝てなくて」

「ふーん、そういうもんか」牛丼店長は腕組みしてうなずいてから、「あ、そや、よかったらメールアドレス交換しませんか」

一瞬、微妙な間ができた。

「は？　何でですか」

「いや……お隣さん同士やから、いろいろと情報交換できたらと思って」

牛丼店長が白い歯を見せている。見えている前歯は、形がそろい過ぎていて、作り物だと判る。

もしかして……。

たいしてハンサムでもないのに、どこからこういう自信が湧いてくるのか。

「大丈夫です」朱音は作り笑いで片手を振った。「情報交換なら、直接話したらええことですから」

「でも、いないときに何か聞きたいってなったときのために、ね」

「同じ店の仲間ならともかく、別の店の店長さんとの間に、そんなことないでしょう」

「あ……そうですかぁ」

牛丼店長は片手を後頭部にやってから、目を泳がせながら、自分の店に戻って行った。

出来の悪いコントを見せられた気分だった。

その後、石居さんが先に上がったが、やはり「お先に」などの声かけはなかった。

直後に掃除のおばちゃんがやって来た。

「石居さんが機嫌悪い理由、判ったで」

「何ですか」

「不倫相手の公務員の奥さん、肺炎で入院してんねんて」

「そしたら逆に機嫌がよくなるんと違うんですか」

「それがちゃうねん」掃除のおばちゃんが叩くような片手の振り方をした。「旦那が毎日見舞いに行きよるさかい、面白ないねんわ」

「あー、そういうこと……そやけど、何でそんなことまで知ってるんです」

「本人に聞いたからに決まってるやろ。今日あんたが入る前に、元気ないみたいやけど大丈夫かって声かけたら、ちょっとずつしゃべってくれてん」

「うそー、そんな簡単にしゃべらへんでしょう」

「もちろん簡単にはいかへん。そやさかい、店長のユキちゃんの話をしたんや。男にフラれたらしいで、かわいそうやなーって。石居さん、そういう話を聞かされると急に対抗心が湧いて、私の方が大変なんやで、みたいな感じでしゃべり始めよんねん」

こわ。この人、取調官にでもなっていたら、否認する被疑者を次々と落として事件を解決したんじゃないか。朱音は「へえー」とうなるしかなかった。

「こら、もしかしたら、奥さんの入院がきっかけで、離婚話がなくなるかも判らへんな」

掃除のおばちゃんはいかにも楽しみだ、という感じで、前歯が欠けているのを見せて笑った。

「あ、そや」と、掃除のおばちゃんは行きかけてから足を止めた。「あんた、隣の店長と何かしゃべってたやろ」

「まあ、売り上げのこととか」

「気ぃつけや。いけそうな女性には片っ端から声かけるタイプの男やから」掃除のおばちゃんは小声で言いながら、牛丼店の方に視線を向けた。「ここの事務所の女性にまで手ぇ出そうとして、所長から怒られよってんから」

「ほんまですか」

「ほんま、ほんま。子どもの養育費とか、支払いが滞ってて、やばいらしいからな。もしかしたら単なる女好きやのうて、貢いでくれる女を物色しとるんかもしれん」

掃除のおばちゃんは最後に「私には何も言うてこうへんねんけどなあ」と変なオチをつけて、仕事に戻った。

その日の夕方、店長のユキちゃんに牛丼店長のことを小声で教えたら、「えーっ」と驚かれた。ユキちゃんも数か月前にメルアドの交換を求められたという。しかも、ユキちゃんはそれに応じていた。

「そんなん、簡単に教えたらあかんよ」朱音はつい説教口調になった。「あの人、何かしてきた？」

「メルアド交換した何日か後に、仕事終わりにドライブと食事に誘うメールがきました。彼氏がいますから遠慮しますって返信したら、その後は何も」

「へえ。そういうことがあっても、仕事中は普通に話しかけてくるんやろ、あの人」

「そういう人みたいですね」

「いろんな人がおるな」

朱音に対しても、次に会ったときは、何ごともなかったかのように振る舞うのだろう。タフというより、馬鹿なんだろうと朱音は思った。そういうことをやったせいで、家庭が壊れたことを、いったいどう感じているのか。


帰宅してドアを開けると、裕也が靴箱の前に立って、熱心にプラ水槽を眺めていた。

「あ、お帰り」

「ただいま。昨日捕まえたトカゲ？」

言いながら覗き込んだ朱音は、「ひやーっ」と声を上げて後ずさった。せまい場所だったため、雨合羽をかけてあるスタンドに背中をぶつけてしまい、派手な音をさせて倒してしまった。

「朱音さん、大丈夫？」

朱音は震える手でスタンドを戻し、プラ水槽を指さした。

「それ、トカゲと違《ちご》て、ヘビやんかっ」

小型のプラ水槽に何とか入るぐらいに小さかったものの、それは紛れもなくヘビだった。赤茶色の柄模様がついていて、底の面積の半分ぐらいを使ってとぐろを巻き、先が割れた舌を、チロチロと出している。小さいといっても、昨日見たカナヘビよりは、かなり大きい。

「うん、さっき捕まえた」

「素手で？」

「うん。エアコンの室外機の下におったのを、さっと押さえつけたら、捕まえられてん。子どもやから、簡単やった」

「トカゲは？」

「逃がした。一緒に入れといたら、トカゲが食われるかもしれんさかい」

「それ、毒とかないん？」

「これはシマヘビやから毒なんかないよ。毒があるのはマムシとヤマカガシ。見た目ですぐに区別できるさかい、大丈夫」

「でも、毒蛇みたいな模様してるで」

「シマヘビの子どもは、割といろんな模様のがおるから。心配せんでもこれはシマヘビやから」

「毒がなくても、咬まれたら危ないんとちゃうか」

「大丈夫。ちょっと咬まれたけど、平気やったから」

裕也はそう言って、右手の中指を見せた。血は出ていないが、第二関節の内側に、Vの字型の跡が赤くなって残っていた。

「ほんまに大丈夫なんか」

「まだ子どものシマヘビやから、そんなには痛なかった。カナヘビに咬まれるよりは痛かったけど。この前、学校で、もっと大きいシマヘビ見たで。渡り廊下におって、女の子が悲鳴上げて、先生呼びに行ったけど、すぐに金網の下くぐって逃げて行きよった。僕、捕まえようとしてんけど、そのときは間に合わへんかった」

裕也の教室は一階にあり、渡り廊下も近い。確か金網フェンスの向こうは民家が何棟かあったはずだが、空き家だと思われる、草木が生い茂っている場所もある。そういうところに潜んでいるヘビが侵入して来るのだろうか。

「学校にヘビが出るん」

「たまにやけど。去年、飼育小屋の金網の間からシマヘビが入って来て、ウズラの卵を食べよるのを見た子がおるよ。そやさかい、金網の上にもっと目が細かい金網が取りつけられてん。あと、生活科池にも、カエルがおるさかい、ときどき来よるねん。僕が二年生のときは、家庭科室でアオダイショウが見つかって大騒ぎになったこともあるねん。先生が三人がかりでほうきで追い立てて外に出してんて。ヘビって、かわいそうやな、みんなに嫌われて。僕がそこにおったら手で捕まえて、逃がしたるのに」

裕也は本気でヘビをかわいそうに思っている様子である。気の優しい子だが、そこだけは共感ではない。ヘビは嫌だ。

「裕也さん、そのヘビ、絶対にそこから脱出できひんようにしといてよ」

「うん。ふたが外れへんように、こうしといた」

上のふた部分と透明なケース部分のつなぎ目に、黒いビニールテープが巻いてあった。

「えさとか、どうすんのん」

「二、三日観察したら逃がすさかい、えさはやらんでも大丈夫。ヘビとかのは虫類は、一か月ぐらい何も食べへんでも死なへんねんで。ほ乳類と違て、小食やねん」

「逃がすって、どこに逃がすの」

「もとにいた場所——」

「駄目駄目駄目」朱音はあわてて遮った。「もっと遠くに逃がして。家の敷地内はやめて」

「そしたら……尾花公園？」

「いや、小さい子たちも遊ぶから、あそこもちょっと……逃がす場所はまた考えよ」

「うん、判った」

「それと、お願いやからヘビだけは外に置いて。ドア開けたところに傘立てがあるやろ。その横とかにして」

裕也は、やや不満そうな顔を一瞬見せたが、「うん、そしたら、そうする」とうなずき、外に持って行ってくれた。玄関ポーチで観察することにしたのか、そのまま家の中には戻って来なかった。

取り込んだ洗濯物をたたんでいるときにスマホが鳴った。

市の公園課だと名乗った男性の声は、五十前後ぐらいのように思われた。係長とか、そういう立場の人物だろうか。

「昨日お電話をくださった真野さんですか」

「はい、そうですけど」

「ご連絡ありがとうございました。今日の午前中のうちに現場を確認しました。確かに、南郷さんの敷地内から伸びたイバラが、尾花公園の金網にからみついてますね。それで南郷さんに頼んで、金網フェンスにからまった部分だけ、剪定させて欲しいと頼んだんですが、不審者の侵入防止に役立っているから嫌だとおっしゃるんですわ」

「そうですか。あれやったでしょ、とりつく島もないっていうか、威圧的っていうか」

「ええ、まあ……」相手が少し間を作った。「それでですね、次善の策として、イバラがからみついている部分についてトラロープを渡して、棘に注意するよう呼びかけるプレートをぶら下げておくことにしましたので、お知らせしておこうと思いまして」

「トラロープ？」

「あー、あれですわ。黄色と黒のロープ。工事現場なんかでも見かける」

「ああ……ちょっとお尋ねしますが、金網フェンスは市の所有物ですよね」

「はい」

「そやのに、隣から伸びて、市の設置物にからみついてきたイバラを切ることができないんですか」

「実は民法という法律の233条で、隣接地から伸びてきた枝がこちらの敷地内に入ってるような場合、木の所有者に切ってくれと要請できる、という規定があるんですが、それは逆に言うと、こちらで勝手に切ってはならない、あくまで要請するだけ、ということなんですわ」

「えっ、ほんまですか」

そんな理不尽なことが法律で決まっているのか。

「ええ。根っこやったら敷地内に伸びてる部分を勝手に切ってもええんですけど、枝については そうはいかん、持ち主の了解を取れ、となってましてね」

「それはまた、何でなんですか」

「さあ、ちょっとそこまでは……民法という法律自体、百年ぐらい前にできたものやそうですから。多分、枝がちょっと敷地の上にかかったからといって、損害が発生するようなことは考えにくいから、勝手に切るな、相手さんの了解を取ってからにしなさい、ということなんやろうと」

「あの、南郷さん宅から伸びてるのはイバラなんですけど。高いところにちょっとはみ出してるんやなくて、市の所有物にからみついてるんですよ。しかも実際に何人か、町内の子どもが怪我をしてるんです。その意味では損害が発生してると思うんですけど」

「ええ、おっしゃるとおりですわ。それで、市役所の文書課法規係という、法律に詳しい部署に聞いてみたんですが、裁判や調停という方法で、判決なり決定なりで切ってもよろしい、ということになれば、南郷さんの了解なしでも切れるんやそうです」

「そしたら、市役所が調停などの方法で――」

「いやいや、そこまでのことは、ちょっと。裁判所がらみとなると、上とも相談せんとあきませんし、予算の問題も生じます。もちろん、今後さらに何かあったら、それも含めて検討致しますが、現状では、先ほど申し上げたような形で……」

「トラロープを張って、棘についての注意を喚起するプレート、ですか」

「はい、プラスチックプレートをトラロープから下げる形ですわ」

「それで市役所としては、この問題については処理した、と」

「そういうことで一応、ご了解いただきたいんですが。注意喚起するものを設置してあるだけで、充分に怪我の予防にはなるはずやと思いますし」

そう言えば、劣化した公園の遊具などにも、ロープなどを張って使用禁止の札が下がってるのを見ることがある。次の年度の予算がつかないことには、修繕できない、ということだろう。お役所の対応が何かと鈍いのは、予算という事情もあるのだ。

いや、予算なんか口実ではないか。余計な仕事はしたくない、だから当面は対症療法だけでお茶を濁しとけ、という姑息《こそく》な考えが根本にあるような気がする。

「あ、それと、トラロープの件は、回覧板で町内の方々に周知していただけるよう、既に自治会長さんにその旨を伝える文書をお渡ししておきましたので」と公園課の男性は続けた。「回覧板にはさみ込んで、町内に回る手はずになってます」

「ロープやプレートは、もう設置したんですか」

「はい、今日の午後、公園課の方で」

「回覧板の文書は、どんな内容ですか」

「とおっしゃいますすと？」

「つまり、南郷さん、という固有名詞が入ってる、とか……」

あの女を刺激するような形になるのはよくない気がする。

「いえいえ、大丈夫です。あくまで、尾花公園の金網フェンスの一部にイバラがからまっているので注意してください、現場にロープを張って、注意喚起のプレートをかけました、というお知らせの体裁ですから」

「なぜ切除しないのか、と町内の人に聞かれたら、ほんまのことを説明してええんですか」

「まあ、あれですね……角が立たないような言い方で、お願いできればと」

公園課の男性はそれだけ言うと、「では、そういうことでどうぞよろしくお願いします。失礼します」とつけ加えて切った。

どんな言い方をしたとしても結局は、南郷がイバラの切除に応じなかったから、という説明になってしまう。それが南郷に知られたら、逆恨みされるのではないか。不安が膨らんできた。

回覧板を目にした時点で、南郷は理解するはずだ。

自分に恥をかかせようと、悪者に仕立てるために、こんなことをしやがったな、と。

でもそれは向こうが選択した結果だ。イバラの切除に頑として応じなかったのだから、そうせざるを得なかったのだ。こっちに非はない。

　それにしても、同じ町内の住人と、こういうことで互いに不快感を募らせることになるとは。子ども会で、別の役員になっていたら、少なくとも自分が南郷宅を訪ねることなどなかっただろうに。ついてない……。

　すぐに自転車で尾花公園に行ってみた。小学生のグループがサッカーをしている。知った顔がいないので、裕也とは学年が違うようである。

　確かに、イバラがからみついているところに、黄色と黒の、いわゆるトラロープが二本、張られてあった。隅は金網フェンスにくくりつけられているが、簡単にほどけないよう、結び目に細いたこ糸を巻いて補強してあった。

　上下二本のトラロープの間に、白いプラスチックプレートが二枚取りつけてあり、どちらにも〔とげに注意！〕と書いてあった。ブロック体文字だが、黒いマジックペンによる手書きらしい。色が落ちるのを防ぐためだろう、文字の上には透明なテープが貼ってあった。プレートの上下には二つずつ小さな穴が空いていて、細い針金をその穴に通した上で、トラロープにくくりつけてある。

　そこそこ丁寧な仕事ぶりだったし、昨日電話をかけて翌日のうちに対応してもらえたのはありがたいことではある。だが、小さな子どもが読めるように、注意、という文字は、ひらがなにして欲しかった。

帰宅して夕食の準備に取りかかった。今夜は鶏もも肉を使ったすき焼き、千切りキャベツとカイワレ大根と水菜のサラダの予定である。

一口サイズに切った鶏もも肉をフライパンで炒めている途中で、玄関チャイムが鳴った。インターホンで「はい」と応じると、「浜野《はまの》寿司でーす」と女の声が聞こえた。

「ご注文いただきました特上にぎり八人前をお持ちしました」

「何でしょうか」

何のことだ。

「うちは注文してませんが」

「は？　こちら、真野さんのお宅ですよね」

「そうですけど」

続いて先方は、住所の番地を口にした。確かにうちだ。

ガスコンロの火を止めて玄関に向かい、つっかけをはいてドアを開けると、ラップを貼った大きな寿司桶《おけ》を二段重ねにして抱え、左胸に〔浜野寿司〕と刺繍《ししゅう》が入った白い割烹着《かっぽうぎ》風のエプロンに三角巾姿の、従業員らしい中年女性が「はい、どうぞ」と寿司桶を渡そうとした。敷地の外に、寿司屋のものらしい軽ワゴン車が停まっている。

「いやいや、うちは注文なんかしてませんから」

「えっ」女性従業員は眉根を寄せた。「ご家族の誰かが注文されたと思うんですがね」

「今いるのは私と子どもだけです。私は寿司の注文なんかしてません」

「うそでしょ……」女性従業員は困惑と苛立ちが混ざったような複雑な表情になった。

「尾花町に、他に真野さんてお宅は、あるんですか」

「ないと思いますけど」

「そやったら、こちらしかないでしょう」

「そやから、注文なんかしてないって言うてるでしょう」

女性従業員が睨んできたが、こっちは何もやましいところなんかない。朱音も睨み返してやった。

「さきほど電話で注文を受けたんですよ、こっちは」女性従業員が睨んだまま言った。

「それで、いざ配達したら注文してないって、そら殺生《せっしょう》やないですか」

「あなたは従業員の人？」

「そうですけど」

「電話を受けたのもあなた？」

「いいえ、うちの女将《おかみ》さんです」

「電話で注文してきたんやったら、相手の番号が判るでしょう」

「え？」

「注文の電話をかけてきた相手の番号」

「ああ……」

「こっちはほんまに注文なんかしてないので、そんなことをする責任はないんですけど、そちらもお困りでしょうから、その番号が、万が一うちの電話機やったり、私の携帯やったりしたら、代金を払います。」そやけど、違ってたら、何者かによる偽電話ですから、電話をかけた人物を探して、請求してください。

女性従業員は少し思案するような顔になってから、「ちょっと待っててください」といったん寿司桶を軽ワゴン車に運び入れ、車のそばで携帯電話をかけた。女将さんに確認するためだろう。

しばらくして女性従業員が険しいままの表情で近づいて来て、「非通知でかかってきたそうです」と言った。「うちとしては、非通知やったからというて、配達を断るわけにもいかんのですよね、ちゃんと番地を教えてもろてるわけやし」

「電話をかけてきた相手、どんな声やったんですか」

「え？」

「女将さんと話をさせてください。私の声やったかどうか、確かめてもらいます」

女性従業員は、携帯電話で「女将さんと話したいと言うてるんですけど」と伝えてから、警戒するような表情で差し出した。

「もしもし、真野ですけど。特上にぎり八人前を、私が電話で注文したことにされてるんですけど、私のこの声やったんですか」

「さあ、そんなことまで言われても。声の特徴まで、いちいち覚えてませんよ」

女将さんは憮然《ぶぜん》とした口調だった。実に感じが悪い。

「私は注文なんかしてないんです。注文の電話は非通知でかかってきたそうやないですか。どこの誰がやったんか知りませんけど、悪質ないたずらやと思います」

「仮にそうやとしたら、そちらさんのことをよく思っていない人がやったんと違いますか」

「そんなこと知りませんよ。浜野寿司さんのことをよく思ってない人間がやったのかもしれへんやないですか」

「でも、わざわざ真野と名乗って、そちらの住所を言うてきたんですよ。そちらさんの人づき合いなどで、何かがあってのことやと思います」

「………」腹立つ。それが客に対する言い方か。客ではないか。

「そちらさんのトラブルで、うちがこんな形でとばっちりを受けたら、たまりません。業務妨害罪という犯罪になるんですよ」

「私は電話なんかしてないと言うてるでしょう。どうぞ業務妨害で犯人を訴えてください、こっちに責任はありません」

「百歩譲って偽電話やったとしても、あなたのトラブルのせいでこっちは特上にぎりを八人前も作ったんです。ちゃんと代金を支払ってもらわないと困ります」

何だ、その理屈は。法律のことはよく判らないが、そんな支払いに応じる責任などないはずだ。

「何で私が払わなあかんのですか、ええ加減にしてください」

「それはこっちの台詞ですよ。何やったら、出るとこ出ましょうか」

「どうぞご自由に。浜野寿司さんのその理不尽な態度、こっちはよく判りました。どういう対応をするか、こちらの方でも考えさせていただきます」

携帯を切って女性従業員に押しつけ、「さっさと帰ってんか。押し売り商売をやってる寿司屋があるとは、恐れ入るわ」と言ってやった。

女性従業員は、大きくため息をついて、きびすを返した。軽ワゴン車に乗り込む前に、振り返ってまた睨みつけてきたので、こちらも思いっきり険しい顔を作って応じた。

二階の部屋から裕也が下りて来て、「どうかしたの」と聞いた。声を荒らげてやり合ってしまったので、気づかれたらしい。

「浜野寿司っていう寿司屋があるやろ。ほら、ブックオフの少し先の国道沿い」

「判らへんけど」

「そこの寿司屋が、私が特上にぎり八人分を注文したとか言うて、持って来よったんや。そんなもん、誰が注文するかっちゅうねん」

「誰かのいたずら？」

「そやろね」とうなずきながら、南郷の顔を思い浮かべた。「代金を払え、払わん、の言い合いになってしもたけど、最後は追い返したったわ。ほんま腹立つ」

裕也が不安そうな顔になったので、朱音はその背中を軽く叩いて「大丈夫、大丈夫。こんなことする奴はどうせ人間のくずや。自分で自分の人生を駄目にしとるんや。腹立つというより、かわいそうやと思うわ」と言っておいた。

そして心の中で、殺したろか、あのばばあ、とののしった。

裕也とのトレーニングを終えて、夕食作りの仕上げに取りかかっているときに、また玄関チャイムが鳴った。身構えて出てみると、男性の制服警官二人が立っていた。二人とも長身で肩幅が広い。

あの寿司屋、ほんまに通報しやがったのか。

「浜野寿司さんから連絡を受けて、事情を聞きに参りました」前に立っていた警官が言った。「真野さんですか」

「はい」

「浜野寿司さんの言い分によりますと、八人前のにぎりを、という電話注文が入ったので、配達に行ったら、真野さんは、そのような電話はしていない、と」

「そうです」

「ご家族の誰かが注文した、あるいは今日訪問予定のお知り合いが注文した、という可能性はないですか」

「ありません。家族は今、私と子どもだけですし、誰もうちを訪ねて来る予定なんかありませんから」

予定外の訪問者なら目の前にいてるけどな、と心の中でぼやく。

「そうですか。真野さんを疑ってるわけではないんですけど、仮に何者かによる悪質ないたずらやったとしたら、業務妨害罪という犯罪になります」

背後にいる警官が「三年以下の懲役に相当する犯罪です」と言い添え、朱音の表情を窺うように見てきた。

あんたら、疑ってるわけではない、とか言っておきながら、思いっきり疑いの目で見てるやんか。

「そしたら犯人を捕まえてください。こっちも大迷惑ですから」

「ええ、もちろん。浜野寿司さんから伺った話だけでは、どこの誰がやったのか見当もつかず、捜査のやりようもないので、真野さんからも話をお伺いしたいと思いまして」

「犯人の声を聞いたのは、浜野寿司の女将さんですよ」朱音はそう言ってから、「ほんまに注文の電話があった、とすればですけど」とつけ加えることで、浜野寿司の方も疑ってみた方がええのとちゃいますか、という気持ちを込めた。

「さきほど浜野寿司の女将さんには聞いて参りましたが、ちょっと低い感じの大人の女性の声で、関西弁やった、という程度のことしか覚えておられないそうなんです」

「そうですか。非通知でかかってきたときに、相手さんの電話番号を聞いておく、ぐらいのことはするべきなんと違いますか」

「まあ、そうかもしれませんね」手前の警官は苦笑いをした。「それで、お尋ねしますが、こういうことをする犯人として、心当たりのある人物はいてますか」

尾花公園に隣接する南郷という初老の女が犯人やと思います——朱音はそう言いたい気持ちを抑えて、「いえ、ありません。他人から恨みを買うようなことをした覚えはありませんから」と答えた。

「最近、誰かとトラブルがあったとか、そういうことは?」

あります、あります、イバラの件で南郷ともめてます。

「特にないです」

「ご主人はまだお仕事に出かけておられるんですよね」

「ええ。今はちょっと出張中で」

「あ、そうなんですか」

「はい」

「長いんですか、出張は」

「長期出張です。ゴールデンウィークにはいったん帰って来ることになってますけど、まだ数か月間は続くと思います」

「ご主人の人間関係などで、誰かから何かをされる可能性はどうでしょうか」

「夫はオウギ製薬の研究員です。人間関係がこじれるような仕事ではないと思います」

「なるほど」手前の警官はうなずいてから、「ちょっと不愉快に思われる質問になってしまいますが」と少し恐縮した言い方をした。

「何でしょうか」

「例えば、ご主人のお知り合いの女性などで、もしかしたら、というようなことは……」

笑いそうになった。実は勝裕に女がいて、その女が嫌がらせをしてきたってか。

「夫は浮気とかしない人間です。どういう人か、判ってるつもりです」

後ろ側の警官が、妙な笑い方をしたようだったので、朱音が険しい視線で見返すと、下を向いた。

あんたが知らんだけで、ほんまは旦那さん、浮気してるんちゃいまっか、みたいな感じで笑いやがって。

「そうですか、それは失礼しました」

手前の警官はそう言ってうなずいた。振り返って後ろの警官とかすかにうなずき合う。

「いや、ご協力いただきまして、ありがとうございました」警官は姿勢を正して敬礼した。「もし何か新たに気づいたこと、思い出したことがあれば、こちらにご連絡ください」

差し出された名刺サイズの紙に、仰木町《おおぎまち》交番の名称と番地、電話番号が入っていた。

警官たちが去るのを見送った直後、仰木町交番が浜野寿司の近所であることを思い出した。警官たちが浜野寿司をしばしば利用しているとしたら、完全にアウェイだ。

朱音は、塩を撒いたろか、と心の中で毒づいた。

4

くらの俺のパートは、週に四日か五日でシフトを組んでもらっている。浜野寿司とトラブルがあった翌日の金曜日は、休みの日だった。

午前中、朱音がフローリングシートを使って拭き掃除をしているときに、玄関チャイムが鳴った。昨日の今日なので警戒しつつインターホンで応じると、「おはようございます。南海いきいきケーブルテレビでございます。このたびはご注文いただき、ありがとうございます」という男の声が聞こえた。

ケーブルテレビに注文などしていない。すぐにピンときた。

朱音が玄関に行ってドアを開けると、スタッフ用ジャケットを着た若い男が営業スマイルで立っていた。

「あの、私は何も注文した覚えがないんですけど、どういうことでしょうか」

「えっ」と男が困惑顔になった。「真野様……あれ？」

「注文って、何の注文やったんですか」

「弊社の南海いきいきケーブルテレビの受信契約をしたい、というお電話をいただきましたので、契約内容の確認と、そのための工事の段取りについてご説明に——」

またやりやがったな、あのおばはん。

「注文の電話はいつでした？」

「昨日の、午後七時頃だったと聞いてます」

「非通知でかかってきたんと違いますか」

「さあ、それは存じませんが」

「最近、この手の嫌がらせが続いてるんです」朱音は話を盛る形で説明した。「昨日は頼んでもいない寿司が届いて。それと同じで、誰かがそちらさんにそういう偽電話をかけたんやと思います」

「えーっ、そうなんですか……それはまた……」

男は朱音の顔をしげしげと見た。この奥さん、どんなトラブルを抱えてんのやろか——そんな視線だった。

「そういうことですので、わざわざ来てもらって申し訳ないんですが、お引き取りいただけますか」

「あ、はい、判りました」

「注文の電話をかけた相手がもしそちらで判ったら、警察に連絡してもらえますか。業務妨害罪という犯罪になるそうですから」

「はあ……」

「でも多分、非通知でかかってると思いますよ。そういう相手には、ちゃんと電話番号を聞いて、かけなおして確認した上で訪ねた方がええと思いますよ。こういういたずらを面白がってやる人間が、ときどきいてますから」

「はい、では失礼致します」男は一礼して行きかけたが、「あ、よかったら、あらためてご検討だけでもお願いします」と、片手に提げていたブリーフケースから、パンフレット類を出した。

受け取るだけ受け取り、ドアを閉めて、「くそっ」と吐き捨てた。

寿司の偽注文に続いて今度はケーブルテレビか。

この調子だと、さらにまた何か仕掛けてくるのではないか。このままでは、やられっぱなしである。

朱音はキッチンでお湯を沸かした。紅茶でも飲んで、いったん頭を冷やすべきだ。

ダイニングのテーブルでティーバッグの紅茶を飲みながら、考えを巡らせた。

昨日、警官がやって来たときに、南郷の名前を出さなかったのは、証拠を見つけることは難しいと思ったからだった。何の証拠もなく、南郷がやった、と言ってしまうと、余計に火に油を注ぐ結果になる――そういう思いがあったから、口にはしなかったのだ。

あの女は逆ギレするタイプらしいと直感したからでもあった。南郷の名前を警官に告げず、こっちが我慢すれば、寿司の偽注文だけで終わる――そういう淡い期待が頭の隅にあったのだ。こっちが我慢して、それで収まればいいと。

ところがあの女は、予想を超える異常者らしい。

もうやめてくれ、と頭を下げたところで、やめるかどうか。

そもそも、頭を下げるのは向こうの方だ。

もう許さない。やられたらやり返す。思い知らせてやる。

紅茶に、頭を冷やす効果はなかったようだった。

朱音は軍手をはめた手に、ボール紙製の大型封筒を持って玄関ドアを開けた。ボール紙の封筒は、裕也に頼まれてネット注文した昆虫の3D図鑑が送られてきたときのものを、資源ゴミに出すつもりで取っておいたものだ。

傘立ての横に、小型のプラ水槽があり、その上に平たい石が載っていた。ヘビが脱走しないように、裕也が載せたのだろう。

かがんで中の様子を見る。ヘビはとぐろを巻いて、じっとしていた。

ひざが震えてきた。ヘビなんか大嫌いだ。

そして、あの女もそうに違いない。

朱音は三度、深呼吸をした。

大丈夫。たいして大きくはないし、もし咬まれたとしても、毒があるわけでもない。手足のない、長細いトカゲだと思えばいいのだ。小学生が素手で捕まえたのだ、大人の自分ができなくてどうする。

朱音は、自分にそう言い聞かせて、上の石をどけた。

プラ水槽の上の部分はプラスチックの網目になっていて、ビニールテープで固定されているが、天井部分の中央、ちょうど石が載っていた部分には、透明な四角い窓がついている。ここは、力を入れるとパカッと開閉できるようになっている。

朱音は左手で持ったボール紙の封筒の口を開けて広げ、右手でプラ水槽のふたを外そうとした。が、軍手をはめていると、上手く外せない。「あーっ、もう」と毒づいて、右手の軍手を外し、爪を引っかけて小さな窓を外した。

そのまま、右手でプラ水槽を逆さにし、左手のボール紙封筒で待ち受ける形にする。途中でヘビが逃げ出さないように、できるだけ近づけた。

ヘビは、いきなり逆さ向けにされたことが気に入らなかったようで、シャーッという声を出して、朱音に向かって攻撃しようと、水槽に頭をぶつけてきた。「ひゃっ」

と悪寒が走って、手を離しそうになったが、何とか持ちこたえた。

二度、三度と、軽くプラ水槽を振ると、ようやくヘビの真ん中部分が、ボール紙封筒の中にゆっくりと落ちていった。

「はよ入ってえなっ、もうっ」

心臓の拍動が速くなって、手のひらに冷や汗がにじんでいた。こんなものを素手で捕まえるとは、裕也はすごい。

先に頭がボール紙封筒の中に落ちて、続いて尻尾《しっぽ》も入ったところで、すぐに封筒の口を強く閉じた。そのことに意識を集中し過ぎたせいで、プラ水槽を放り投げるようにして手放してしまい、玄関ポーチに落下した後、レンガタイルを敷いた通り道を転がった。

ヘビが暴れるのではと心配したが、もぞもぞと動くのが判る程度だったので、胸をなで下ろした。

左手でぎゅっと開封口を閉じた状態で、自転車を漕いだ。空は曇っていたが、雨が降りそうな感じではない。風のない、おだやかな天気になると、テレビの天気予報が言っていた。

尾花公園に入り、南郷宅の裏手に自転車を停めた。幸い、公園内には誰もいない。朱音はボール紙製の封筒を持って、歩いて南郷宅の正面に回った。出勤時間などを過ぎているせいで、通りに人の姿はない。どこかで布団を叩いているらしい音が聞こえていたが、ここから見える場所ではないようだった。

南郷宅に、黒いマークⅡが停まっていた。見上げると二階の窓が開いており、蛍光灯と天井が見える。あの部屋にいるとしたら、物音などに気づいて顔を覗かせるかもしれない。慎重にやらねば。

よそ者が接近していることに気づいたらしく、右側の植え込みの向こうでドーベルマンが動く気配があり、低いうなり声が聞こえてきた。

一昨日、訪問したときには確認していなかったが、郵便受けは、右側の門柱の、表札の下にあった。門柱と一体になった構造で、外から投函《とうかん》されたものを、門扉の内側から取り出せるようになっているのだ。

迷っている暇などなかった。朱音はボール紙製の封筒の口を少しだけ開け、それを郵便受けに突っ込んで、斜めにした。すべり台の要領でヘビだけを郵便受けに入れるつもりだったが、なかなか中に落ちた感触が得られず、何度か揺すったり、封筒の両端を押して口を広げたりしなければならなかった。

ようやくボール紙封筒が急に軽くなったと同時に、ヘビが落ちたらしい鈍い音が聞こえた。

郵便受けには、こちら側から簡単に取り出せないよう、ステンレス製の弁のような役割をする内ぶたがついている。向こう側の取り出し口を開かない限り、ヘビが外に出る方法はないはずだった。

即座にきびすを返して尾花公園に戻り、自転車にまたがったときに、耳に馴染《なじ》んだバイクの音が聞こえてきた。見回しても判らなかったが、耳を澄ませてみて、南郷宅とは反対側の区画を、郵便配達のバイクが回っているらしいことに気づいた。

そういえば、この辺りはだいたい、今頃に郵便物が配達される。もう少し経つと、南郷宅にも何かが配達されるだろう。

ということは、ここで待っていたら、あのおばはんの悲鳴が聞けるかもしれない、ということか。

そのことに思い至り、朱音はしばらく付近で粘ってみることにした。南郷が不在だったり、あまり几帳面《きちょうめん》でない性格だったりすると、すぐには郵便物を取りに来ないかもしれないが、上手くいけば、あいつが仰天して腰でも抜かす場面に立ち会えるかもしれないのだ。目の前で見ることはできないとしても、公園側にいてあいつの悲鳴を聞くことができるなら、待ってみる価値はある。

だんだんと、郵便配達のバイクの音が近づいてきた。バイクの走る音がやみ、少し経ってまた聞こえ、またやむ。朱音にはそれがイベントのカウントダウンのように感じられた。

そうするうちに、バイクが停まっているときのエンジン音も聞こえるようになってきた。かなり近づいている、ということだ。

やがて、北側にある公園出入り口の前を郵便配達のバイクが通過し、南郷宅がある区画に入った。

そのとき、同じ出入り口に、三歳くらいの小さな女の子の手を引いた、黒いスウェット姿の男性が現れた。背筋はしゃんとしているが薄い白髪。子ども会会長の衣川さんだ。

衣川さんの方も朱音に気づいて「おはようございます」と近づいて来たので、朱音もそちらに歩み寄った。

「おはようございます。お孫さんですか」

「ええ。息子夫婦から子守を押しつけられましてね」

「かわいいですね。こんにちは」朱音がかがんであいさつをすると、ハーフパンツに薄手のパーカー姿の女の子は恥ずかしそうにもじもじして、衣川さんの後ろに隠れた。

「これ、ちゃんとあいさつをせんかね。これやから、この子は」

衣川さんは女の子を叱ったが、怒ってる感じではなく、表情はデレデレだった。

「三歳ぐらいですか」

「二歳半です。言葉が増えてきて、家の中ではよくしゃべるんやけど、初対面の大人にはこんな感じで。人見知りするんですわ」

「へえ」

「真野さんは、何をしてはるとこやったん」

視線を感じて、朱音は手に持っていたボール紙の封筒を二つにたたんだ。

「イバラの注意書きを見に来たんです。市役所の人から、ロープを張って、棘に注意っていうプレートを設置したと聞いたもので」

「あー、そこのね」衣川さんは南郷宅の方にあごをしゃくり、声をひそめた。「自治会長さんから聞いたわ。真野さんが子ども会を代表して、イバラを剪定させて欲しいと頼みに行ったけど、とりつく島がない態度やったんやてね」

自治会長から聞いた、というのは、おそらく、市役所の公園課から自治会長が聞いた話を又聞きした、ということだろう。

「そうなんです。ちょっと変わってる人みたいで」

「あのおばちゃんには気をつけた方がええよ」

そのとき、女の子が衣川さんの手を引いて、「じいじ、ブランコ」と言ったので、衣川さんは「はいはい」と、ブランコの方に向かった。

話の続きを聞きたかったので、朱音もついて行った。

女の子がブランコに乗り、衣川さんが背中を押してやるそばに立って、「南郷さんて、どういう人なんですか」と聞いた。

　衣川さんは「うーん」とうなってから、「町内一の注意人物やということは確かやな」と言った。女の子が「注意人物」と復唱したので、衣川さんが「そんなこと、覚えんでええの」と言った。

「そういえば、夜に公園で花火をしようとしてた高校生の子らに、ドーベルマンをけしかけるようにして追い返した、みたいな話を聞いてます」

　衣川さんはもう一度、南郷宅をチラ見した。

「そうそう」と衣川さんはうなずく。「公園で遊んでる小学生とか中学生たちにも、うるさい言うてドーベルマンを使って脅したことがあるそうやし、スーパーで店員に因縁をつけて怒鳴ってたっていう話も聞いたことがあるわ。私自身も、あのおばちゃんがゴミ出し日を守らへんかったんで注意したことがあんねんけど、逆ギレされてねー、いったん怒り出したら絶対に引こうとせえへんさかい、往生したわ。最後には、こっちの言い方が悪かったということになって、謝らされて」

「キレやすい人なんですか」

「それだけやったらええんやけど……あそこの隣、空き地になってるやろ」

「ええ」

「もともとトクダさんていう四十代ぐらいの夫婦と子どもさん二人が住んではった家

があってんけど、エアコンの室外機とか子どもの声がうるさいだの何だのって、南郷が因縁つけてきたらしいねんわ。それから嫌がらせが続いてトクダさん、出て行かはったんや」

「ほんまですか」

「ドーベルマンで脅す、車に傷をつける、わざと庭でたき火して煙を送り込む、他にどんなんがあったかなあ……ほんま気の毒な話や」

いかにもあの女がやりそうなことだと思った。

「仕事とかはしてるんですか」

「してないみたいやね。南部バイパス沿いに小さい雑居ビルを持ってて、その家賃収入があるらしいけど」

「一人暮らしなんですよね」

「うん」衣川さんは、片手で口を隠すようにして「元夫は公道会《こうどうかい》の幹部やったそうや」と言った。公道会は地元の暴力団である。

「一人暮らしということは、離婚したんですか」

「いや、十年以上前に旦那は死んどる。抗争とかやなくて、病死やった。旦那の方は、トラブルは起こさんかったし、少なくとも町内では目立たんようにしてたみたいやってんけどな。旦那が死んだときは、生命保険金ががっぽり出たんで、ほんまに病死かどうか、警察が動いたそうや。まあ結局、事件にはならへんだんやけど」

誰からそんな話を聞いたのだろうか——という気持ちが表情に出ていたらしい。衣川さんは「現役の刑事さんから聞いたんやから、間違いあらへん」と続けた。「私が指導してる少年剣道クラブの親御さんで、懇親会の二次会やったかな、そのときに教えてもろたんや。司法解剖しとったら、もしかしたら毒物が出とったかもしれんて」

「実際は解剖せえへんかったんですか」

「医者が急性心不全て診断しよったさかい、どうしようもない。生命保険金の情報をつかんだときは、もう火葬された後やった」

では、南郷は夫を殺した可能性もあるということか……朱音は、ぞくっと冷たいものが背中を通ったような気分に囚われた。

「実はそれだけやないんや」と衣川さんは続けた。「十年ほど前に、交通事故がらみで殺人の嫌疑がかかったこともあるんや、あの女」

「それも警察官の人からの……」

「うん、こっちは昔からの剣道仲間でもある警察OBの人に教えてもろたことなんやけど、あの女と接触事故を起こした相手の男性が、直後に現場を通りかかったトラックにはねられて死んでるんや。トラックの運転手は、その男性が路肩に停まってたワゴン車の陰から後ろ向きに躍り出て来た、と証言したんで、あの女が口論の末に激高して突き飛ばしたんやないか、と」

「でもそれも事件にはならなかった」

「そういうこと。誰も突き飛ばすところは見てないし、本人も頑として認めず、男性が勝手によろめくようにして道路に出て行ったと言い張ったそうや」

あの女だったらやりかねない。

「真野さん、これやで」衣川さんは口にチャックをする仕草を見せた。「自分の噂話が広がってるて気づいたら、あのおばちゃん、何しよるか判らんから」

「あ、はい。教えてくださって、ありがとうございます」

「下の名前、フジミっていうんや」

「へ？」

「フジミ。不可能の不、数字の二に、美しい。二人といない美人、ていう意味でつけられたんやろうけど、どこがやねん、なあ。くたばらへん方の不死身の方がふさわしいで」

衣川さんがそう言って、ふんと鼻を鳴らした直後だった。

びゃあああぁぁぁー、という悲鳴らしき声が上がった。背中を押されてブランコに乗っていた女の子が「ゾウさん？」と衣川さんに横顔を向けた。

方角は、明らかに南郷宅の方からだった。

やった。ヘビちゃん、ありがとう。

「何や、今の」と衣川さんは目を丸くして、「そっちの方から聞こえたみたいやったで」と南郷宅を指さした。

「何なんでしょうね」

「人の声やったよね」

「多分。でも、テレビの音量上げ過ぎてた、とか、そういうのんとちゃいますか」

「見に行ってみるべきかどうか……」

「不用意に近づかへん方がええんと違います？　様子を見た方が」

しばらく待ったが、それ以上の声や物音はなかった。

「別に何もなかったみたいやね」と衣川さんが言った。

「そうですね、争うような物音なんかもないし。誰かが大きいクモを見て悲鳴を上げたとか、そういうのんとちゃいますか」

「まあ、そやったらええんやけど……」

衣川さんはまだ気になるらしく、背伸びをしたり少し横に動いたりして南郷宅の方を見ていた。

朱音は気づかれないよう、右手で小さくガッツポーズを作った。

午後四時前、洗濯物を取り込んでいるときに裕也が学校から帰って来た。

「裕也さん、ヘビが逃げたみたいよ」

少し心が痛むが、朱音はうそをつくことを決めていた。

「えっ、何で？」

裕也はすぐに玄関ポーチのプラ水槽を見に行った。朱音は近づいて、「私が見つけたときは、それが倒れて、上の窓が開いてたんやわ」と言った。

「あー、ほんまに」

「ヘビが自分で水槽を倒しよったんちゃうか」

「かもしれん。倒れたときに口が開いたんかな。あー、ヘビの力をあなどってた」

「おカネ出してあげるさかい、ホームセンターでもっと大きい入れ物買うたら？　今度捕まえたときのために」

「ええの？」

残念そうにしていた裕也の表情が変わった。

「ええよ。それ、ヘビを入れるにはちょっと小さ過ぎたんやわ」

これでは、どんどんヘビを捕まえてええよ、と承認してるようなものだが、せめてもの罪滅ぼしである。

「そしたら後で買いに行くわ。逃げたヘビ、まだその辺におるかもしれんから、探してみる」

裕也はそう言って、いったん中に入って、ランドセルを置いて、すぐに出て来た。

とそのとき、朱音は裕也がTシャツの上にはおっているチェックのシャツの背中に、足跡らしきものを見つけた。

「裕也さん、ちょっと」

朱音は近づいて背中を向かせた。

やはり足跡だった。それも一つではない。鮮明なものが一つある他、つま先など一部だけの跡がついているものが三つあった。

その場でシャツを脱がせて、広げて裕也に見せた。

「これ、どないしたん」

「…………」

「教えて」

「判らん」

裕也がうつむいて頭を横に振った。その態度で、何か隠しているなと確信した。

「誰に何をされたんか、言うて」

「特に何もされてないよ。気がつかへん間についたんやと思う」

「うそをつかんといて。気がつかへん間に、こんなことになるわけないでしょうが」

「………」

裕也は両手の拳を固めて、何かに耐えるように、下を向いていた。

「誰にやられたんか言うて。そやないと、学校に報告できひんやないの」

「………」

「仕返しを怖がってんのか」

裕也は頭を横に振った。

「そしたら言うてよ」

「………」

「何で言うてくれへんの」

「僕……大丈夫やから」

「へ？　どういう意味、それ」

「少しぐらい何かされても、我慢できる」

「何でよ」

「我慢できるようになったから」

何を言ってるのか、この子は、と思ったが、あることに気づいた。

「ガンジーを見習って、我慢する修行か」

裕也が、あいまいにうなずいた。

「我慢したら、ますます相手は面白がって、もっとやりよるで」

「それも我慢したらええ」

「そんな……」

朱音は裕也に詰め寄るのをやめて、シャツを持って家の中に入った。

裕也のランドセルを開けてあらためた。すると、ノートのうちの一冊の裏表紙に、マジックペンで落書きをされているのを見つけた。大きなウンコの絵。その上をハエが飛んでいて、ハエを矢印でさして、まの、と書いていた。裕也のことを、ウンコにたかるハエだと言いたいらしい。

またいじめが始まった。もしかしたら、気づいたのが今日だというだけで、既に始まっていたのかもしれない。

再び外に出て、「これも同じ奴らにされたんか」とノートを見せたが、裕也は「知らん間に書かれてた。それぐらい大丈夫」と言った。

「大丈夫なわけがないでしょう。こんなん、明らかにいじめやんか。誰なん。一人と違うんやろ。誰と誰と誰？」

「…………」

「言いなさいっ」

うつむいていた裕也が顔を上げた。

「僕、お父さんと約束したんや。お父さんがいいひん間、お前が朱音さんを守ってやってくれなって頼まれてん」

「それと、学校のいじめとどう関係あんのよ」

「朱音さんに手間かけへんように、僕、強くなる」

思い当たることがあった。勝裕が長期出張に出発するのを駅で見送ったとき、勝裕に駅弁を持たせようと朱音が売店で買って戻ると、勝裕と裕也が何かを話しながら握手をしていたのだ。裕也は、勝裕に話しかけられて、何度もうなずいていた。そのとき朱音が「何の話をしてたん」と尋ねたが、勝裕は「男同士の約束や」と笑っていた。

真面目で何でも正面に受け止めてしまう裕也は、それを拡大解釈して、継母に余計な手間をかけないことを、自分に課している――。

「私を守ってくれるのはありがたいけど、クラスのいじめは関係ないことでしょ」

「関係ある。自分を守れな、朱音さんも守れへん」

「いじめられて我慢しても、自分を守ることにはならへんよ」

「なる」

「非暴力不服従は立派な考えやけど、自分を守るためには、やられたらやり返すべきやと思う。そうやないと、自分を守ることにはならへんやんか」

「それは朱音さんのやり方や。僕は違うやり方なんや」

視線がぶつかった。気が優しい一方で、どうしてこういうところは頑固なのか。

ふと、美也さんと手をつないでいる、幼い頃の裕也を想像した。

この子の心の中まで支配しようとしてはいけない。母親だからこそ、独立した人格として認めてやらなければ。

「判った。その話はまた後にしよ。ちょっと学校に行って来る」

「行かんでええよ」

「いや、行く。先生に話しとく。母……保護者の務めや」

母親、と口から出かけて、反射的に訂正した。

裕也は、あきらめたように視線をそらした。


自転車の前カゴに裕也のチェックのシャツと、落書きをされたノートを入れて、学校に出向いた。

事務室で「五年二組の真野です。お世話になってます。担任の赤尾《あかお》先生、おられますか」と取り次ぎを頼むと、内線電話で連絡を受けた赤尾が階段を下りて来た。

担任の赤尾は、まだ二十代後半ぐらいの若い女教師である。朱音よりも背が低く、ずんぐりしていて、目が細い。この日は就職活動時に着ていたのではないかと思われる黒いパンツスーツ姿だった。

「あ、こんにちは。どうかされたんですか」

赤尾は愛想笑いを見せず、探るような感じの険しい顔だった。去年の担任から、いろいろ聞いているせいだ。先日の家庭訪問のときにも、四年生のときのことを話し、いろいろと注文をつけている。

朱音は裕也のシャツを広げて見せた。

「今日、学校でやられたんです」

赤尾は「あら」と、シャツと朱音を交互に見た。

「これも見てください」とノートの落書きを突き出した。赤尾は気圧されたのか、一歩下がった。

事務室の奥にある、長机とパイプ椅子がある小さな部屋に通され、向かい合って座った。

「真野君は、誰にやられたって言うてるんですか」

「誰とは言いませんでした」

「それは、仕返しが怖いとか、そういう――」

「理由は私にも判りません」

「そうですか」

「先生の方で、何か気づかれるようなことは、なかったんでしょうか」

「うーん、特には」赤尾は小さく頭を横に振った。「四年生のときに、何人かのクラスメイトからいろいろされたということは承ってますので、注意して様子を見てきたつもりなんですが」

「今日の裕也とかクラスの様子を見ていて、何か異変みたいなものは感じなかったんですか」

「いえ、何も。真野君、新しいクラスになってからは、いつもにこにこしてる感じですし、クラスの子たちとも、上手くやってると思ってました」

「これのどこが上手くやってるんですか」朱音は長机の上に置いたシャツを前にぐいと押し出した。「あきらかにいじめやないですか」

「ええ……」

「家庭訪問のときにも、お願いしましたよね、四年生のときに、ひどいいじめがあったので、注意して見てくださいって」

「はい……」

赤尾は、申し訳なさそうな表情ではなく、険しい顔を続けている。

もしかして学校では既に、モンスターペアレント扱いされているのか。

去年、校長室で、校長と担任と話し合ったときのことがよみがえった。二人とも、のらりくらりとかわすような態度だったので、つい「本気でいじめをなくそうと思てはるんですかっ」と大声を出して、さらに空気が悪くなり、「まあまあ、そんなに興奮なさらずに」などとなだめられて、屈辱感を味わった。

「先生。裕也がにこにこしてるのは、心から楽しいからやなくて、他人と衝突したくないからなんです。内心は、いじめられないか、いつもおびえてるんです。そういう子どもの心理というものを、判ってもらいたいんですけど。大学の教職課程とか、研修とかで、そういうこと、学ばれたんと違うんですか。にこにこしてるから上機嫌やなんて、単純に思い込まんといてください」

「ええ、おっしゃることは判ります。今後、さらに気をつけたいと思います」

「誰がやったんか、先生の方で心当たりはないんですか」

「うちのクラスに、こんなことをする子がいるとは思いも寄らなくて……」

「現にこういうことが起きてるやないですか」

朱音はシャツとノートを指さした。

「ええ、そうですね」

そうですね、やないやろ。

「先生も小中学校時代に体験されたんと違いますか。教師や大人の前では優等生やけれど、陰では他の子をいじめたりするタイプの子が、ちょいちょい、いてるでしょう」

「そうですかね」

いたやろが、何言うてんねん。

「とにかく、今回のことは校長先生にも報告しといていただけますか」

そのとき赤尾が「つう」とうめいて、片手でひたいを押さえ、うつむいた。

「先生」

「……………」

「先生、どうかしたんですか」

「……すみません、ちょっと、頭痛が……」

知らんがな、そんなもん。

仮病とちゃうやろうな。でも、そんな演技をする理由はないか。

て、もしかして、目の前にいる、クレームつける母親のせいで頭痛になった？

「あの、先生、今、急に痛なったんですか」

「いえ、朝起きたときから……」

あー。よかった。いや、よくないけど。

頭痛のつらさは、朱音も知らないわけではない。

「そやったんですか。そうとは知らずに、すみません」

「いえいえ……」

て、何でこっちが謝ってんのや。

5

帰宅し、裕也をダイニングのテーブルに着かせて、話し合いをした。

「先生に一応、いじめがあることは伝えといたけど、裕也さん、誰に背中を蹴られたり落書きをされたんか、教えてくれへんやろか」

裕也は下を向いて、口を一文字に結んでいた。

「本人が特定できたら、先生から注意してもらえるやろ。四年の二学期、裕也さんが毎朝おなかが痛なって、学校に行けへんようになったやんか。いじめがひどかったさかい、そうなったんやろ。でも、その子らを校長室で叱《しか》ってもろたさかい、いじめがなくなったやん。いじめは、子どもだけでは解決できへんのよ。学校にちゃんと
——」

「無視されてん」

「え？」

「あの後、三学期が終わるまで、みんなに無視された」

「無視……」

「僕をいじめた子らが校長室で怒られた後、何もされへんようになったけど、話しかけても誰も返事してくれへんようになったんや。男子はみんな、こっそり目を合わせて、にやにやしてた」

「クラス全員か」

「男子全員」

「杉浦の奴が他の子らに、そういう命令をしよったんやな」

「………」

何でそのことを教えてくれへんだんや――と言いかけたが、やめた。裕也にもプライドがある。何度も継母にすがることはできなかったのだ。

「無視も、いじめや。もしかしたら、一番ひどいやり方なんちゃうか」

「………」

「無視の方が、ましやと思た？」

裕也はうなずいた。文具を隠されたり、上履きを濡《ぬ》らされたり、サッカーのときに足をかけられたりすることがなくなったのだから、ましだと思うのだろうか。それとも、本心を隠しているのか。

「裕也さん、いじめに負けへんようになりたいんやったら、やっぱり格闘技の練習をするべきやと思うよ。私、高校のときに護身術の道場に通ってたから、最低限のことは教えてあげられる。どや、いつものトレーニングに、そういうのんも加えてやってみいひんか」

だが裕也はすぐさま頭を横に振った。

「何でやのん」

「暴力は嫌いやから……」

「あのね、暴力を振るわれたり持ちものを盗《と》られたりして、身を守るために反撃したり、盗られたものを取り返したりするのは、暴力やないねんよ。そういうのは正当防衛っていうの。やられた者の正当な権利やの。法律でも認められてることやねんよ」

「…………」

「正義なき力は暴力なり。力なき正義は無力なり。聞いたことないか。力を伴わない正義は、絵に描いた餅《もち》でしかないねんで。意味がないってこと」

「…………」裕也が上目遣いで見てきた。

「私やったら、絶対に黙ってへんで。叩かれたら叩き返したるし、ものを壊されたらそいつのものを壊したるわ。私、小中学校の頃までは、おとなしくて、やり返すことなんかできひん子やったけど、護身術教室に通ううちに、変わることができたんや。短大を卒業して、最初はタクシー会社で事務仕事してたことは、言うたかな」

「水産会社やろ」

「水産会社に勤めるより前に、タクシー会社におってん。で、そこの忘年会で、酔っ払って抱きついてきよった運転手のおっさんがおったんや。そやさかい私、そいつの足の甲を、思いっきり踏んづけてやったら、痛い、痛い言うて転がり回りよったわ。後で、骨折してたって判って、治療代払えとか言うてきよったから、誰が払うか痴漢野郎、裁判起こすぞってどやしつけたったわ。会社は全然、私の味方をしてくれへんださかい、むかついて辞めたったんやけど、全然、後悔なんかしてへんよ。やられたらやり返す。やり返したったさかい、その場にいた人はみんな、私にはなめた態度を取らんようになった。いじめも同じ。なめられへんことが大事や」

しかし裕也は即座に「暴力は嫌や」と応じた。

あかん。ガンジーにマインドコントロールされとる。朱音はため息をついた。

「裕也さん、ちょっと意地悪な質問をするけどな、三年生の子が四年生にいじめられてるところを見たら、どうする？」

「やめるように言う」

「言うだけで聞いてくれる子ばっかりやないやろ。うるさい、お前関係ないやろって言われて、いじめが続いたときは、どうすんの」

「いじめられてる子を守る」

「どうやって守るん」

「叩かれてたら僕が間に入って代わりに叩かれる。その間に逃げろって言う」

あんたはキリストにでもなる気か。

何を言っても、のれんに腕押し。

「私かて変われた。護身術教室に通ってるうちに、以前とは別の、強い心の持ち主になれたと思てる。さっきも言うたけど、人間って、変われるんやで。裕也さんかて変われるって。今はお人好《ひとよ》し過ぎるところがあるけど──」

裕也が遮《さえぎ》るように「僕かて変わるつもりはあるよ」と顔を上げた。「でもそれは、朱音さんとは違う方向に変わりたい」

「どう変わりたいの」

「いじめられても平気な強い人間になる」

「身体を鍛えてるだけでなれるんか」

「朱音さんと一緒にトレーニングしてきて、少し強くなれたと思てる。十五回しかできひんかったものが、十六回できて、十七回できて、もっと続けて二十回以上できるようになったやろ。そうやってて身体が強くなってきたさかい、誰かから、ぶつかるふりしておなか叩かれても、前みたいに苦しくなくなってん」

「そんなこともされてんのか」

「平気な顔したら、びっくりしとった。それからはもう、その子にはされへんようになったんや。僕は、そのときに、このやり方があるんやって、見つけたんや」

「確かに裕也さんは、決めたことをこつこつと続ける力はあるさかい、そのうちに身体の強さやったら一番になれるかもしれんけど……中には、たちの悪い奴がおるよ。軽いパンチが効かへんとなったら、本気パンチをされるかもしれんのちゃう？」

「本気パンチをされても平気な身体になる」

何だか、言い負かされそうになってる。攻撃はしないが丈夫な身体を作って鉄壁の守りを続けるってか。

これ以上言っても、聞き入れてもらえそうになかった。少なくとも、今の裕也は、いじめに立ち向かおうという気持ちは持っている。

とりあえずは、よしとしておくべきかもしれない。

「そうか」納得はできなかったが、朱音はうなずいた。「私にはちょっと理解に苦しむことやけど、裕也さんの考えは尊重せなあかんね」

すると裕也の表情が明るくなり、「ありがとう」と言われた。

判ってくれてありがとう、か。

朱音は、裕也と一緒にいるときに、南郷が放ったドーベルマンから襲われるところを想像してみた。腕でブロックしたものの、その腕を咬まれて血だらけになり、倒されてもがいている継母を見て、裕也はどういう行動を取るのだろうか。守ろうとして、間に入って、代わりに咬まれるつもりなのか。

馬鹿馬鹿しい。そんなことをしたら、二人ともやられて終わりではないか。

ちょいちょい発生しているストーカー殺人事件がいい例だ。被害者は警察に何度も相談しただろうし、その警察から加害者に警告もなされたはずだし、防犯グッズを購入して備えたりもしただろう。にもかかわらず最悪の結果を招いてしまったのは、やめてくれ、と相手に頼んだだけだからだ。言葉が通じる相手と、通じない相手がいる。通じなければ、二度と近づく気にならないぐらいに、ボコボコにしてやらないと、あいう手合いは、いくらでもつけ上がる。やらなければ、やられるのだ。

子ども会会長の衣川さんから、南郷不二美の情報を聞いたときは、悪寒《おかん》が走った。ヤクザだった夫や、接触事故の相手を殺した可能性があるというのだから、ビビって当たり前だ。隣に住んでいた人だって、引っ越さないで住み続けていたら、不審な死を遂げていたかもしれない。それを思うと、選んだ敵を間違えた、さすがにあの女だけはやめておくべきだ、という気持ちに傾いていた。

しかし、あいつから逃げてはいけない。

裕也には、身をもって教えてやるべきだ。

やられたらやり返すべきだということを。

いや、やらないとやられてしまう、ということをだ。

南郷不二美というモンスターに屈せず、返り討ちにするところを見せてやれば、裕也も判ってくれるはずだ。


翌朝、洗濯物を干すために外に出た朱音は、固まった。

家の南側に並べてある、水菜とネギのプランター、計八個がすべて倒されて、芝生の上にぶちまけられていた。ご丁寧に、ネギの球根は全部、踏みつぶされていた。

いつの間にやられたのか。夜中か、朝方か。

門扉はないので、敷地に入るのは簡単だ。足もとはコンクリートとレンガタイルと芝生だから、足音を立てないでプランターを倒すことなど造作ない。そっと倒せば、物音はほとんどしないだろう。

しかも洗濯物を干すのに使っているこの芝生スペースは、デミオがあるカーポートとの間に、ベニカナメの植え込みが茂っているので、隣家や通りから見えにくいときている。

ヘビを郵便受けに入れたのが誰か、あいつはすぐに気づいて、早々に報復攻撃をしてきた、ということだ。

　やってくれたな、くそばばあめ。

　土曜日で学校が休みの裕也が、リビングのサッシ戸を開けて「どうしたん？」と不安そうに聞いてきた。

「誰か判らへんけど、夜中に勝手に入って来て、こんなことした奴がおるらしいねんわ」朱音は土をすくいながら説明した。「そやさかい、監視カメラをつけることにしたわ。痛い出費やけど、二度とこんなことされんためには、あった方がええからね」

「片づけるの、手伝おうか？」

「ええよ、すぐに済むから。それより、今日は私、十一時から五時まで、くらの庵で仕事やさかい、留守番お願いね。出かけるときは鍵、忘れんようにね。大きいプラスチック水槽、買いに行くんやろ」

「うん。明日は？」

「明日は、急に入ってくれって頼まれへん限り、休み。それにしても、誰がこんなことしよるんやろな」

「ほんまやね。こんなことして何が楽しいんやろ」

　裕也はそう言ったが、あのばばあは絶対に今、ほくそ笑んでいるだろうと思った。昨日、悲鳴を聞いたときに、朱音自身も同じ気分を味わっているので、よく判る。

プランターをだいたい片づけた後、朱音は防犯機器を扱う業者に電話をかけて、監視カメラの設置を依頼した。市内の近いところに会社があったため、すぐに男性社員がやって来て、カタログを見せてもらいながら説明を受けた。

その結果、半球型の黒い監視カメラを玄関ポーチの天井部分に取り付けてもらうことになった。少し外に屋根がせり出しているので、ここに設置すれば外からの侵入も、玄関ポーチに立った姿も、芝生スペースの様子も捉えることができるという。夜は赤外線カメラに切り替わり、真っ暗でも撮影できる。カメラっぽい形をしていないので、相手に気づかれにくいというメリットもある。

カメラは小動物以上の大きさの、動く物体を感知することで作動し、撮影を開始する。映像データは、朱音が使っているノートパソコンに無線で送られ、保存される。電源は、玄関ポーチの庇《ひさし》の上に設置する小型太陽光パネルにつなげる方法だと、コンセントも必要ない。バッテリーに蓄電されるので、夜になってもちゃんと作動するという。

注文の機種は、乗って来たワゴン車に積んであり、一時間ほどで設置できるというので、すぐにやってもらうことになった。

この監視カメラで、あいつの不法侵入の証拠を押さえてやる。

くらの庵に出勤すると、先に入っているはずの石居さんがおらず、店長のユキちゃんがいた。朱音が着替えて調理場に入ると、尋ねるよりも先に、ユキちゃんが「石居さん、辞めるそうです」と言った。

「また？」と聞き返すと、ユキちゃんは朱音の方を見ないで、調理台をアルコール除菌しながら「ええ」と答えた。

石居さんはこれまでに何度か、辞めると言い出したことがある。たいがい、ユキちゃんから何かを注意されたり、一緒に入った他のパート従業員と摩擦を起こして、機嫌を損ねたことが原因なので、ユキちゃんがいつもなだめたり謝ったりして、事態を収拾している。

「昨日、やり合ったの？」

「試食用の十円まんじゅうを二回続けてもらいに来た子がいたんです」

「幼稚園ぐらいの男の子」

「はい。知ってるんですか」

「私が入ってたときにも、そういう子がおったから、多分同じ子やと思う」

「その子に石居さん、買う気がないのにもらいに来る子は泥棒と同じじゃと言うて、追い返したんです」

「ひどいこと言う人やね」

「そやから私、その場で男の子に謝ってから、石居さんには結構きつめに注意したんです。そしたらあの人、返事をしないで、ぶすっとしてるから、私生活で何があったのか知らないけど、仕事場ではちゃんとやってよ、今度あんなことをしたら社長に報告しますからって、忠告したんです」

「そらそうよね」ユキちゃんは、石居さんが不機嫌な理由を知らないらしい。

「そしたら、安い給料で働かせておいて偉そうに言うな、だの、あんたみたいな若いコから命令される覚えはない、だのと言い出して」

「うんうん」石居さん、あるあるだ。

「私もいい加減、頭にきたんで、仕事場が不満やったら、辞めたらええでしょう、あんたみたいな人でも雇ってあげてんのに感謝するどころか、不平不満ばっかり言うとは何様のつもりですかって言うたったんです」

「おー」

朱音は拍手する仕草をした。ユキちゃんがキレるなんて珍しい。彼氏と別れたことが関係してるのかもしれないが、何にしても、あの石居さんとそこまでやり合ったというのなら、ほめてあげたい。

「そしたら石居さん、無言で更衣室に入って、何も言わないで帰りました」

「仕事の途中で？」

「そう。お昼時の大変なときやったんで、てんてこ舞いでした。あんなことまでされて私、あの人を許す気はもうありません」

「そやったの。大変やったね」

「あんな人、もっと早く辞めさせるべきやったんですよ」

「それは私も思う。シフト変更、また考えんとあかんよね」

「夜に入ってくれてるツェンさんが、昼間もいいって言うてくれてるんで、ちょうどええです」

ツェンさんは日本人の親戚がいるという中国出身の若い女性で、まだ日本語は片言でしか話せないが、仕事ぶりは真面目で、愛想もいい。

「ツェンさんやったら石居さんとは天と地ほど違うから大歓迎やけど、昼間はファミレスのパートやったんと違うの」

「店長のセクハラが原因で辞めたそうです」

「あら、何をされたの」

「二人だけになったときに、一緒にお風呂に入ろう、とか、アパートに泊まりに来てよ、とか言われたって」

「うわ、気色悪ぅ。会社を訴えたったらええのに」

「実は、ツェンさんの親戚の人が弁護士を名乗って会社に電話をかけて、慰謝料を請求する訴訟を起こす方向で考えているのでそのつもりでって、言うたそうなんです」

「弁護士を騙《かた》ったらまずいんと違う？」

「ですよね。でも、それが上手いこといってセクハラ店長、クビになったそうです」

「あれまあ」

やられたらやり返す。ツェンさんに拍手。


昼食の時間帯に備えて仕込みの作業をしているときに、ユキちゃんが「真野さん、さっきこんなメールが」とスマホを見せられた。

石居さんからのメールだった。自分を辞めさせてどうなるか判ってるのか、余った天ぷらや解凍麺を持ち帰ったり、十円まんじゅうをつまみ食いしたり、ゴキブリが出たりしてることをネットで拡散されたら、こんな店すぐに潰れるぞ、という内容。

「あほやね、あの人。ゴキブリ以外は、あの人がやってることやん」

余った天ぷらや解凍麺を持ち帰るのは、九割方、石居さんである。最初からそのつもりでわざと多めに用意してるのではないかと、ユキちゃんが以前から疑っていたのだ。

「私、今回はほんまに腹立ってるんで、絶対にあの人に謝ったりなだめたりしませんし」ユキちゃんはきっぱりと言い、スマホをエプロンのポケットにしまった。「辞めるって言うたんやから、辞めてもらいましょ」

「そらユキちゃんの言うとおりやわ。あんな人、許したらあかんよ」

やられたらやり返す。ユキちゃんにも拍手。

直後に、掃除のおばちゃんが近くを通りかかり、「店長さん、石居さんは休みなんやろか」と聞いてきた。

「あの人は辞めるそうです」

「えっ」掃除のおばちゃんはゴム手袋をはめた片手を上げ、コントみたいな驚き方をした。「何でやろか。どないしたん」

ユキちゃんがカウンターの方に近づいた。

「昨日、勤務態度を注意したら逆ギレして途中で帰って、後で電話がかかってきて辞めるて言うてきたんです」

「あれまあ。でも、後で何やかんや言うてきて、結局は辞めへんのとちゃうん」

「今回はほんまに辞めてもらうつもりです」

「へえ、そうなんや」

掃除のおばちゃんと目が合い、朱音はうなずいて返した。

そうやで、今回はほんまに辞めさすんや。

昼食時のピークを過ぎた辺りで、見覚えがある初老の女性がやって来た。誰だったろうと考えたが、ごぼう天うどんを注文したので、思い出した。麺を柔らかめにしないと文句を言う客だ。

「麺は柔らかめ、でしたよね」

朱音が作り笑顔で確認すると、女性客は「あら、覚えててくれたん」と、うれしそうな顔になった。

奥に「ごぼう天うどん一丁、麺は柔からめでお願いします」と呼びかけるとユキちゃんは「はい、ごぼう天うどん一丁、麺は柔らかめ」と応じた。

お陰で女性客は食べ終わってトレーを返しに来たときも「ごちそうさま、おいしかったわ」と声をかけてくれた。この前の態度とは別人である。

石居さんが接客していたら、また「麺が硬いやないの」と文句を言われて、それでも謝らずに、ふて腐れて、場の空気を悪くしていただろう。あの人がいなくなることで、かなり働きやすい職場になりそうだった。

客が来なくなり、丼を洗い始めてしばらく経ったところで、ユキちゃんが「どうもこうもありません」と言ったので見ると、スマホで誰かと話しているところだった。

ユキちゃんがスマホを操作し、相手の声が聞こえるようにしたらしく、「こんなことになって、あんたはどう思てるのって聞いてるのよ」という石居さんの声が聞こえてきた。

ユキちゃんが「辞めると言うたんでしょ、こっちはそれで構いません。どうぞお好きなように」とやり返す。

「メールを送ったのに返事をせえへんのは、どういうことやのん」

「返事をする必要がないからです」

「オーナーに知られたら困ること、私から言おか」

「私の方から言うときます。わざと食材を余らせて持って帰るパートさんがいてたけど、辞めてくれましたって」

「私はあんたより年上やで」

「それが何やの、年上やったら偉いんか、あほか」

「何やのっ、その口の利き方はっ、謝りっ、あんたは——」

石居さんがわめいている途中でユキちゃんは切った。

ユキちゃんの圧勝。朱音が親指を立てると、ユキちゃんも同じ仕草を返した。

その数分後、ユキちゃんが「またきた」と言った。スマホを手にして、ため息をついている。

「もう着信拒否にしたらどうなん」

ユキちゃんは「そうですよね」とうなずいたが、スマホを操作した。また声が聞こえるようにしたらしい。

「店長、ごめんだざいぃぃ」という嗚咽《おえつ》混じりの声が聞こえてきた。「もうあんな態度、取りませんから、辞めささんといてぐだざいぃぃ、ううっ、ううっ」

朱音は我慢できず噴いた。何だ、この三文芝居は。

「ユキちゃん、切り、切り、切り。相手にしたらあかん」

小声でそう言ったが、ユキちゃんはなぜか涙目になっていた。そして「ほんまに反省してるんですね」と石居さんに言った。

「はい、ごめんだざいぃぃ」

「判りました。そしたら仲直りしましょう」

「あでぃがどうぅぅ、店長さぁぁ」

「シフトについては、また連絡しますから」

「あい、ほんまにあでぃがどうぅぅ」

スマホを切ったユキちゃんは、指先で涙をぬぐって鼻をすすった。

「ユキちゃん、それは甘いんと違う？　あの人、どうせまたすぐに態度、悪なるよ」

「そうかもしれませんけど……あの人があんなふうに謝ってくれたから、何か……」

「猿芝居《さるしばい》に決まってるやんか。逆ギレが通用せえへんと判ったら、ころっと方針転換して、泣き脅しをしてきただけやん。今頃、舌出しとるで」

「あの人は確かにいろいろ問題はあるけど……お母さんと同じぐらいの年代の人やし、何回も一緒に仕事してるうちに何か情が移ったっていうか……」

そういえばユキちゃんは母親を早くに亡くしていた。

あんな母親、絶対に嫌やろ。

「ユキちゃん、猛獣がくたばりかけてるところを助けたりしたら、食われんねんで。恩を仇《あだ》で返しよるんや。それと同じことやってるんとちゃうか」

「真野さんて、冷たい人なんですね」ユキちゃんはキッと朱音を見返した。「一緒にやってきた仲間なんやから、そこまで言うのは、ちょっとひどいんと違いますか」

おいおい、何でこっちに矛先が向くねん。朱音が「はあ？」と返すと、ユキちゃんは「もういいです、とにかく石居さんは謝ったんやし、チャンスをあげることにします。ごちゃごちゃ言わんといてください」と言って、少し乱暴な手つきで調理台を拭き始めた。

そういうことやから、やられるんやろが。やられたら、やり返さな。手を緩めたら、やられるんやで。朱音は心の中で盛大に舌打ちした。

夕方に帰宅すると、裕也が勝手口付近の雑草スペースで、また生き物を探していた。ホームセンターで買ったらしい、大きめのプラ水槽が横にあった。

「おかえり」「ただいま」のやり取りの後、朱音が「ええのんがあったんやね」と言うと、裕也は「うん」と笑った。

「何か捕れた？」

「うん、さっきヤモリを捕まえたさかい、先に捕まえたカナヘビは逃がした」

プラ水槽の中には、土や枯れ葉などが入っている。近づいて見る気はなかったが、どこかにヤモリが入っているらしい。朱音は、は虫類の中でヤモリだけは、かわいい感じがするので、それほど気持ち悪いとは思わない。触るのは無理だが……。

「今日、誰か来た？」

「おばさんが一人来たけど、僕しかいませんって言うたら、帰った」

「おばさんて、どんな人？　身体、でかかったんちゃうか。目が下がり気味で、えらが張ってて、いかつい顔してなかった？」

「インターホンで話したさかい、判らへん」

わきの下に冷や汗がにじんだ。

「僕しかいませんて言うたら、それ以上は何も言わんで帰ったんやね」

「ううん」と裕也は頭を横に振った。「何とか生命ですって言うて、郵便受けにパンフレットを入れておきますって」

何だ、保険の外交員か、朱音は、ふう、と息を吐いた。

「裕也さん、プランターを倒した犯人、まだ判ってへんから、怪しい人を見かけたら教えてね。裕也さん自身も気をつけるんよ。何かされる可能性があるから」

「うん」裕也が立ち上がって、両手を叩いて払った。「朱音さんは犯人が判ってるの？」

「ううん、何で？」

「目が下がってるとか、えらが張ってるとか言うたから」

しまった。この子は案外、鋭いところがある。

「いやいや、その人が犯人やと決めつけてるわけやないから。ただ、ドーベルマン飼ってる、尾花公園のところのおばさんが、ちょっと評判が悪いみたいでね、子ども会の会長さんから、あの人には注意した方がええよって言われたから」

「あのおばちゃんがプランター倒した犯人なん？」

「まあ……決めつけはよくないねんけどね。そのおばさんから、何かされたことある？」

「公園で遊んでたら、うるさいって言われたことある」

「裕也も言われたこと、あったん？」

「冬にセイト君とサッカーしてたときに、一回言われた」

セイト君は近所に住む二学年上の兄ちゃんである。よく遊びに来て、サッカーやドッジボールの練習相手になってくれた子だが、中学に進学した影響だろう、春休みが終わった後は、一緒に遊んだという話は聞いていない。

「どんなふうに言うてきたの、そのおばさん」

「声がうるさいって。次にうるさかったら、しばくさかいなって」

子ども相手に何てことを。

「そのとき、ドーベルマンは連れて来てなかった？」

「うん。でもセイト君は見たことあるって。中学生の人らが騒いでたら、ドーベルマン連れて出て来て、うるさい、帰れって」

「無茶苦茶やな。とにかくあのおばさんを見かけたら、すぐに遠ざかるようにするんよ。絶対に近づいたらあかんよ」

「うん」

「それと、間違っても、顔と名前を覚えられんようにせんとね」

「えっ」裕也の表情に動揺が表れていた。

「どないしたん」

「今朝、学校に行こうとしたときに、家の近くであのおばさんから、真野さんとこの子かって聞かれた」

うそやろ。あのババア、裕也に接触しやがったのか。

「何ですぐにそのこと言わへんのっ」つい詰問口調になった。

「普通に聞かれただけやったから……」

「裕也さん」朱音は近づいて、裕也の両肩をつかんだ。「あのおばさんだけには、気をつけるのよ。ランドセルについてる防犯ベル、登下校のとき以外はポケットに入れとき。あのおばさんに何かされそうになったら鳴らす。ね」

裕也は気圧されたように「……うん」とうなずいた。

「あのおばさん、さっきは、ちょっと評判が悪いって言うたけど、ほんまは、何してくるか判らん危険人物やの。子ども会の会長さんがそう言うてたから。そやから本気で気をつけるのよ」

「うん」

「うちの防犯体制も、もうちょっと考えなあかんな。というても、予算の問題があるから、警備会社と契約したり、あちこちに警報器をつけたりするのはちょっと難しいし……監視カメラでおカネ使てしもたから……」

「そしたらどうするの」

「そやな……夜の間だけ、その辺に針金を張ってみるわ」朱音は芝生スペースを振り返り、ベニカナメの植え込みとエアコンの室外機の間を指さした。「同じ犯人がまた何かしに来よったら、引っかかってこけよるかもしれん」

「えっ」裕也が驚いた顔になった。「監視カメラがあるから、犯人が来たら判るんとちゃうん？」

「それだけではあかん。悪いことをしたら痛い目に遭うってことを判らせんと。それに、犯人が帽子にマスクでもしとったら、カメラに映っても誰か判らんやろ」

「………」

裕也の顔に、でもそこまでしなくても、と書いてある。

「悪いことする奴の心配してどうすんのよ。農家では、イノシシやシカに作物を食い荒らされへんように、高圧電流が流れる柵をつけたりするやろ。それと同じこと。とにかく、夜は針金張っとくことにするから、裕也さん、私より早起きして虫捕りするときとか、気をつけるのよ」

裕也はあまり納得してはいないようだったが、「うん」とうなずいた。

「それと、お父さんから電話がかかってきても、プランターのこととか針金のこととか、言わんとこな。毎日遅くまで仕事を頑張ってはるから、心配かけへん方がええやろ」

「うん、判った」

こちらは納得のうなずき方だった。勝裕とはときどきメールで報告をし合っているが、裕也へのいじめがまたもや始まったことも伝えていない。勝裕の出張が終わるまでに解決して、心からの笑顔で出迎えたいからだ。今、家庭を守れるのは自分だけなのだ。遠くにいる夫を頼ることはできない。

裕也とのトレーニングの後、二階にある勝裕の書斎部屋から工具箱を引っ張り出し、針金とニッパーを使って、芝生スペースに二か所、二メートルぐらい離して平行に、針金を張った。一方はベニカナメの根もとに、もう一方はエアコンの室外機の、穴が空いているところに通してくくりつけた。高さはすねの辺り。ピンと張るのが難しく、少したるんでしまうが、軽く踏んでみると、案外しっかりとした強度があった。これに引っかかって、下手に転ぶまいとすれば、すねにめり込んでかなり痛そうだ。

夜の十時頃に、珍しく勝裕からメールではなく電話がかかってきた。朱音が「どうかしたん?」と聞くと、自分で味噌汁を作ってみたいので、作り方をレクチャーして欲しい、とのことだった。

朱音は、味噌汁について教えてから、くらの庵で先輩パートさんと店長が大ゲンカしたことや、防犯対策で監視カメラを設置したことを話し、それから裕也に替わった。裕也は、シマヘビを捕まえたが水槽が倒れて逃げられてしまったことを報告した後、「うん」「大丈夫」「毎日やってるよ」などと聞かれたことに答え、最後に「はい、おやすみ」と言って、朱音にスマホを返した。

「お父さん、何か言うてた?」

「お母さん任せにしないで、お前も戸締まりの確認をしてくれって」

「そう。そしたら、寝る前に裕也さんも戸締まりの確認、今日からやってもらおかな」

「うん。そしたら今すぐやるわ」

裕也はそう言うと、まずはリビングダイニングのサッシ戸をチェックし、続いて玄関を見に行った。

その後ろ姿を見て朱音は、南郷とのケンカにあの子を巻き込むようなことだけは絶対にしてはいけないと思った。

翌日、日曜日の朝は、小雨が降っていた。朝食後にダイニングのテーブルでノートパソコンを立ち上げると、聞き慣れないアラーム音が鳴り、〔監視カメラが映像を記録しました。〕という表示が現れた。しかも〔2件〕とある。すぐに〔映像を見る〕をクリックした。

敷地に入ってくる人物が一人。黒っぽいスウェットにニット帽という格好で、片手に缶のようなものを持っている。赤外線カメラでの撮影だからなのか、淡い緑色の映像だったが、侵入者の顔は、間違いなく南郷だった。

その南郷が近づいて来たが、玄関ポーチには上がらず、左折して芝生スペースの方に向かった。カメラが切り替わり、今度は南郷の後ろ姿を映し出す。

画面の隅には時間が表示されている。午前四時十分。

その南郷が突然、前のめりになって派手に転倒した。針金に引っかかったのだ。片手に持っていた缶が転がり、南郷は片足を抱えて横向きになった。

つい「よしっ」と声に出して片手でガッツポーズを作ってしまい、ソファに座って『ウォレスとグルミット』のＤＶＤを見ていた裕也が「どうしたん？」とこちらを向いた。

「いや、ボクシングの試合結果」とごまかすと、格闘技に興味がない裕也は「ふーん」と視線をテレビに戻した。

ノートパソコンの画面の中では、まだ南郷が痛そうにもがいている。予想以上のダメージだったようで、一度立ち上がろうとして、また尻餅をついた。

やがて南郷は、這《は》うようにしてカメラの方に来た。カメラが切り替わり、さらに敷地の外へと、片足を引きずりながら、ほうほうの体《てい》で去って行く後ろ姿が映された。

もう一件は、新聞配達員だった。こちらは午前五時二分。カメラは不審者とそうでない人を区別せず、感知した動くものに反応するから仕方がない。

とにかく、針金の罠《わな》は大成功である。しかも南郷の姿と顔もカメラが捉えたのだ。

これを警察に提出したら、少なくとも不法侵入で立件することができるのではないか。だが、ただの不法侵入で逮捕してくれるのだろうか。少なくとも、何かを盗んだりものを壊したりする場面の映像がないと、無理なのではないか？

さらに朱音は、下手をするとこちらが傷害罪で取り調べを受けるかもしれない、ということに思い至った。たとえ自宅の敷地内であっても、他人が怪我をする可能性を認識して、罠を仕掛けたりするのは、まずいのではないか。

仮に法的な責任を免れたとしても、こんなことをしたと世間に知れるのは、まずい。今やネット社会。世間の好奇心を集めてしまったら、たちまち素性を特定されて、顔写真などがアップされ、誹謗《ひぼう》中傷の標的にされる時代である。そうなればご近所づき合いにも支障をきたすことになるし、何よりも、裕也にまで火の粉がふりかかることになる。

少々やり過ぎたか。裕也が言ったように、針金を設置せず監視カメラで撮影しただけなら、南郷の不法侵入の証拠として、いつでも警察に提出できたし、ネットに流すこともできたのに……。

いや、針金がなかったら、南郷は何かとんでもないことをして、意気揚々と引き上げたはずだ。そんなのを黙ってただ撮影するなんて、馬鹿げている。

そうだった。南郷はいったい、何をしにやって来たのか。

南郷が針金につまずいて転倒したときに、缶のようなものが転がったことを思い出した。

もう一度映像を再生させて、南郷はそれを拾うことなく逃げ帰ったことを確かめた。

朱音はパソコンを操作して、監視カメラをオフにし、外に出てみた。まだ小雨が降り続いている。

芝生スペースの先、雑草が茂っている場所の手前に、それは小雨に濡れて転がっていた。

ペイントスプレーの缶だった。色は赤。

南郷は、家だか車だかに派手な落書きをするつもりだったらしい。針金がなければきっと、サッシ戸も壁もデミオも、とんでもない被害を受けていたに違いない。

それを思うと、再び、はらわたが煮えくりかえる気分になってきた。

くそババアめ、ケンカを売る相手を間違えたことを、思い知らせてやる。

あいつは普通の人間ではない。相手がひれ伏す態度を見せるか、逃げ出したりしない限り攻撃の手をやめない、サイコモンスターだ。特上寿司を配達させたその日のうちに、ケーブルテレビの業者がやって来たし、今回の不法侵入も、プランターに続いて連続して仕掛けてきた。一度や二度の嫌がらせで満足せず、むしろエスカレートしてゆくタイプの危険な人間なのだ。そういう危険な人間を制圧するためには、こちらも反撃の手を緩めてはならない。やらないとやられる。

朱音は家の中に戻り、裕也がまだ『ウォレスとグルミット』に集中していることを確認しつつ、ノートパソコンをプリンターに接続して、南郷の顔が映っているところと、針金で転倒してもがいているところの、二つの静止画像をプリントアウトした。プリンターは、年賀状やデジカメ写真のプリントアウト用に、昨年購入したものである。

A4のコピー用紙に、モノクロ映像が印刷されて出てきた。あまり鮮明なものとはいえないが、顔が映っている方は、少なくとも面識がある人間であれば、それが南郷だと判るはずである。隅には撮影時刻の表示も入っている。

朱音はそれを折りたたんで無地の定形封筒に入れ、傘をさして自転車で南郷宅に向かった。

尾花公園を通り抜けて南郷宅へ。外観は静かだったが、黒いマークⅡが停まっており、おそらく家の中にいるだろうと思われた。すねの痛みに、ベッドでうなっていることを期待したいところだ。

朱音は静止画像が入った封筒を、門扉の投函口に入れた。かすかにカタンという音がした直後、右手の植え込みの向こうから、ドーベルマンのうなり声が聞こえた。

ふん。飼い犬もうなっとるわ。飼い主と一緒にハモってろ。

この画像は、南郷に対するメッセージである。不法侵入の証拠を握ってるぞ。お前がやってきたことは判っているぞ。これ以上何かしてきたら、これを警察に提出するぞ、逮捕だぞ。

さすがのあの女も、これで戦意を失うはず。そう願いたい。

朱音はすぐさま自転車にまたがり、来た道を引き返した。

6

その日の午後、裕也は傘をさして百均に行き、自分の小遣いでカラー粘土を買って来て、犬のグルミットや、ペンギンのピングーなど、クレイアニメのキャラクター作りをしていた。グルミットは残念な結果だったが、ピングーやひつじのショーンは結構出来がよかったので、朱音が「ゲーム機のカメラでクレイアニメ撮れるんちゃう?」と提案すると、「おー、いいねー」と大乗り気になり、夕方まで、せっせと粘土で作った人形を少しずつ動かしては撮影するという作業を続けていた。こういうときの集中力は、普通の子どもよりも高い気がする。

出来上がったコマ送りアニメ動画は、ペンギンのピングーが積み上げた本と本の間に作った谷間に遭遇し、飛び越そうとしたけれど怖くてできず、二人で力を合わせてレゴブロックで作った橋をかけて、向こう側に渡る、というストーリーだった。普通の男の子であれば、キャラクター同士を対戦させる形で話を作るところだが、平和主義者の裕也にそういう発想はないのだろう。

天気はよくなかったが平穏な日曜日——のはずだったが、雨が上がった陽暮れどきになって玄関チャイムが鳴り、外に出ると、子ども会会長の衣川さんから「こんなもんが配られとるよ」と無地の封筒を渡された。

一瞬、南郷宅に投函したあの画像ではないかと思い、どきりとしたが、中身は違っていた。活字で書かれた短い文章が、一枚の紙に印字されていた。

尾花町在住の真野さんの夫人は、別名でAV女優をやっていたそうです。最近は違法ドラッグの販売にもかかわっており、警察が内偵しています。みなさん、気をつけましょう。——住民有志

手紙を持つ手がぶるぶると震えた。

「真野さん、大丈夫ですか」

「あ、はい……すみません」朱音は息を吐いて、気持ちを落ち着かせた。「これが、衣川さんの郵便受けに入っていたんですか」

「うん。午後の間に投函されたみたいですわ。うちだけやなくて、どうやら尾花町一帯に配られとるようで」

「えーっ」

「つき合いがある家を何軒か回ってみたら、やっぱり同じものが入っとったんです」

まだやる気か、あのババア。

朱音は玄関ポーチ右側にある郵便受けに目をやった。透明な部分がある郵便受けなので、内側が見える。やはり同じ封筒らしきものが入っていた。のり付けしてある封を破いて中身を広げると、やはりそうだった。

「犯人は南郷です」朱音は言った。「イバラの一件を逆恨みして、こんな怪文書みたいなのを作りよったんですよ。どこまで陰湿な女なんですか」

「それが、配っとったのは、便利屋らしくて」

「便利屋……」

「背中に便利屋王子って書いたジャンパーを着た男性が、自転車で投函して回るのを見た人がいてるんです。うちの近所の国分《こくぶん》さんていうご老人なんやけど、手紙を見て、その便利屋を追いかけて、誰に頼まれてこんなものを配ってるんやと詰め寄ったというんです。そしたら便利屋が言うには、中身は知らないけれど尾花町の町内会さんから、これを各戸に投函して回ってくれと封筒の束を渡された、とのことで」

「その女が南郷ですよ、間違いありません」

「私もそうやとは思うねんけど、真野さん、先日言うたように、あのおばちゃんとはあまり、ことを荒立てん方がええと思うよ」

「そやけど、こんなたちの悪い怪文書を配られたら、人権侵害やないですか」

「もちろんそうなんやけど、あのおばちゃんがやったという証拠を見つけるのは難しいんとちゃうか」

「便利屋に問い合わせたら、すぐに判ると思います」

「そやったらええねんけど……でもまあ、手紙の内容がでたらめやということは、みんな判ってることやから、相手にせん方がええと思うけどな」

　誰が泣き寝入りなんかするか。だが、衣川さんとやり合っても仕方がない。

　朱音は「そうですね。ありがとうございます。ちょっと頭を冷やして考えてみます。わざわざお知らせいただきまして、ありがとうございます」と頭を下げた。衣川さんは、「何かあったら、自治会長さんも私も相談に乗るさかい、あんまり気にせんとき。放っといたら、向こうもやめよるやろ。な」と声をかけて帰って行った。

二階の寝室に入り、ベッドに腰かけてスマホで便利屋王子という業者を検索すると、市の北部に事務所がある有限会社だと判った。すぐさま電話をかけると、「ありがとうございます。便利屋王子です」と男の声が出た。

「あの、尾花町町内会ですが。今日、封筒の投函を頼んだと思うんですが」

「あー、はいはい、本日はありがとうございました」

「それで、ちょっとお尋ねしたいのですが、そちらに配る封筒を持ち込んだのは、何ていう人やったでしょうか」

「は？」

「ちょっと最近、町内会の役員が替わったりして混乱してる部分があるもので、そちらに伺った方が早く判るかな、と思いまして」

「はあ……」相手はやや不審に思っているような感じだったが、「それが……電話しか受けてないんですよ」

「どういうことですか」

「まず電話がかかってきて、そちらの郵便受けに茶封筒の束と、割増の代金を入れた白い封筒を投函しておいたから、茶封筒の方を尾花町の各戸に投函してくれ、と言われたんです」

南郷は便利屋に会わずに依頼した、ということらしい。悪知恵が働く奴だ。

「声の感じでは、五十代か、もうちょっと上ぐらいの女性やったような気が……」

「低い、ちょっとかすれ気味の？」

「あー、そんな感じでしたかね」

朱音は「ありがとうございました」と礼を言って切った。

尾花町の人々に、妙な噂《うわさ》が広まるかもしれない。ほとんどの人は、でたらめな中傷ビラだと思ってはくれるだろうが、火のないところに煙は立たない、などと考え、勝手に尾ひれがついて、あらぬ噂が広まってゆくのではないか……それを考えると、あのくそババアがやってくれたことは、重大な名誉毀損《きそん》だ。

まさか、こんなに早くやり返してくるとは……朱音は、大声で咆《ほ》えたい衝動を抑えて、さらなる一手を考えることにした。


月曜日の朝、朱音はいつもより一時間早起きして、自転車で南郷宅付近にあるゴミ置き場に行ってみた。既にピンクのゴミ袋が十個ぐらい、コンクリートで仕切られたスペースに積まれている。尾花町では月曜日と木曜日が燃えるゴミの日で、午前九時半頃に、ゴミ回収車がやって来て、町内の六か所を回ることになっている。

さて、来たはいいが、南郷が出したゴミを特定することは、果たして可能なのか——それが問題だった。ピンクの燃えるゴミ専用袋は半透明だが、ゴミを出す家庭の多くがそうであるように、スーパーなどの白いポリ袋にいったん入れてから、というケースが多く、そうなると中身を確認するのが難しくなる。また、南郷はまだゴミを出していない可能性もある。いつまでもうろうろしていたら、その南郷に遭遇するおそれもある。

とにかくやってみることだ。朱音は周囲に人の目がないことを確かめて、ゴミ袋をチェックし始めた。

南郷は地域のルールを守らない人間に決まっている。ならば、缶やびんなどの不燃物も放り込んでいるのではないか——そこに期待していたのだが、別の理由で、すぐにこれだというゴミ袋を見つけることができた。

大型のドッグフードの袋が中に見えるゴミ袋があったのだ。しかも〔大型犬用〕とあり、ラブラドールの画像が印刷されている。この辺りで大型犬といえば、あのドーベルマンしかいないはず。決まりだ。

朱音はそのゴミ袋を自転車の前かごに乗せて漕ぎ出した。そのとき、近所の老婦人が外に出て来たため、「おはようございます」とあいさつしたが、前かごに大きなゴミ袋を載せていたからだろう。見る目がちょっと不審げだった。

自宅の勝手口に回り、雑草が茂っているスペースでゴミ袋を開け、中身を調べた。カップ麺の容器、レトルトカレーやスナック菓子の袋、スーパーの総菜などに使われるパックトレー、レシート類、掃除機の紙パック……。

ゴミを調べると、人物像がよく判る。南郷はあまり料理を作らず、買うだけですぐに食べられるもので済ませているようである。一人暮らしだから面倒なのか、あるいは、もともと、ものぐさな性格なのか。

その代わり、カップ麺やレトルトカレーは、朱音が買い物かごに入れることのない、値段が高いものばかりだった。また、パックトレーを資源物としてスーパーの回収ボックスに持って行かず、燃えるゴミとして出しているところからして、エコ意識に乏しい、社会のルールを守りたがらない人間だということも判る。缶コーヒーの缶も、外からは判らないように、白いポリ袋の中に数個入っていた。缶・びんは分別収集されており、尾花町では金曜日に出すことになっている。

ドラッグストアのレシートが見つかった。購入したのは、市販の痛み止め錠剤や大型絆創膏《ばんそうこう》。しかも日付は昨日。

朱音は声に出して笑った。針金だ。期待以上に、あいつのすねを痛めつけてくれたようだ。もっとも、そのせいで怪文書の報復を受けたわけだが。

最初は、南郷を中傷する文書を、同じように各戸に投函してやろうかと考えた。不法侵入の画像を使えば、南郷不二美という女の異常性を印象づけることができるはずである。

だが、それをやると、町内の人々は、先に投函されたあの怪文書と関連づけて、真野さんちの夫人と南郷が何らかの原因でいがみ合っていて、こんな中傷合戦をやっているのだな、とすぐに気づかれてしまう。

匿名で、あの怪文書を作ったのは南郷不二美だ、という文書を投函して回る、ということも考えたのだが、それもやめた。あの女の猿真似《さるまね》をしたことになり、それでは目くそ鼻くそを笑う、だ。あの女のレベルに自分を下げるのは屈辱である。

ゴミを調べるのは、確たる目的があってのことではなかった。だが、薬の箱や処方箋《しょほうせん》の袋などが見つかれば、身体の弱点を知ることができるし、上手くすればあの女による犯罪の状況証拠になるものが入っているかもしれない。とにかく、次の一手を考える上で有用な情報を得るためのゴミ回収だった。

残念ながら空振りだったか、とあきらめかけたときに、底の方に、いけそうなものを見つけた。

ひねり潰された紙類の束の中にあった宅配便の配達伝票。発送主が、逢坂涼《おうさかりょう》ファンクラブ事務所、となっている。逢坂涼といえば、おばさん連中が熱狂しているイケメン演歌歌手だ。細身で中性的な顔立ちをしており、長い金髪で、宝塚の男役みたいなキラキラ衣装を着ていることぐらいは、興味はないが朱音も知っている。

もしかしてあのおばはん、逢坂涼のファンなのか？

だとしたら実に有用な情報だ。あいつをコントロールする突破口につながる。

さらに、ひねり潰された紙束の中に、逢坂涼ファンクラブに南郷が注文したと思われる品目リストの伝票もあった。写真集、特典映像付きＤＶＤ、特製バスタオル、特製タオル、うちわ、ネーム入りペンライト、マグカップ。

朱音は「あははは」と再び笑った。あの女が逢坂涼のタオルを首にかけて、逢坂涼の顔写真が大きく入ったうちわを振りながら、ＤＶＤを見て「リョウちゃーん」と合いの手を入れる姿は、かなり笑える。

これで、あいつが逢坂涼の熱狂的ファンだということは確定した。同時に、次に打つべき手の輪郭が浮かんできた。朱音は、冴《さ》えてるやん、と自分をほめた。

その日、くらの庵は、石居さんではなく、ツェンさんが先に入っていた。石居さんが辞めると言い出してユキちゃんがすぐにシフトを作り直して他のパートさんたちに連絡を入れたので、しばらくは石居さんが入る時間は少なくなりそうだ。

ツェンさんはやや小柄でショートヘア、目がぱっちりしている。指示を出すと、ちゃんと笑顔で返事をしてくれ、勤務態度もいい。「真野さん、今日は機嫌いいか？」「お客様が遅い言ってきた、急げ」など、日本語が少し変なときがあるが、ちゃんと意思の疎通を図ろうとしてくれるので、石居さんとは大違い。気分よく仕事ができる。

この日の客は、ごぼう天うどんのメニュー写真を見た中年女性の二人組が「ごぼう天て言うたら、細切りのごぼうやろ。こんなスライスしたごぼうの天ぷらなんか見たことないで」「そんなことないよ、何言うてんのん、あんたが世間知らずなだけや」「世間知らずとは何やの、あんたほんまに口悪いな」「ほんまのこと言うただけやろ」「言い方ちゅうもんがあるんとちゃうか」などと大声で口ゲンカを始めたため、後ろに並んでいた男性客たちが顔をしかめていなくなってしまったり、先日、十円まんじゅうを一パック買ったという老婦人から「おじいさんが、おいしないて言うてたで」とケチをつけられたりしたが、石居さんがいないせいで、全体的にはストレスの少ない日だった。今後、石居さんと一緒のときは、時給を三割増しぐらいにしてもらいたい。

夕方、帰宅すると、裕也が庭にもリビングにもいないので、二階の勉強部屋をノックして開けてみると、裕也はベッドで大の字になって天井を見つめていた。

これは何かあったな、と直感した。

「どうかしたん？　学校で何かあった？」

「今度のフリー参観日に、僕が発表することになった」

憮然とした言い方から、ある程度の事情を察した。

フリー参観日は確か、五月の第三日曜日に予定されているはずだ。発表の準備をする時間はあるが、問題はそこではない。

朱音は勉強机の椅子に腰かけた。

「発表って、何？」

「四時間目の国語のときに、自分で何かを調べて、それを発表せなあかんねん。クラスの投票で、本宮《もとみや》さんと僕の二人に決まったんや」

「本宮さんて？」

「女子の学級委員」

「成績がええ子なんか」

「うん」

「男子は何で裕也さんに決まったん」

裕也は「よう判らん」と少し強い口調で言った。

「やりたいわけじゃないんよね。ていうか、やりたくない」

裕也が小さくうなずいた。

やっぱりか。

男子のボスみたいなのがいて、そいつの指示で「真野を選ぼうぜ」となったのだ。

朱音も似たようなことを小三のときに目にしたことがある。女子の中で、いわゆるイケてるグループから嫌われた子が投票で学級委員に選ばれたのだ。するとその子が泣き出して、田原《たはら》さんたちがわざと嫌がらせでやったと担任に訴え、担任から問い質《ただ》されて女子の何人かがその事実を認めたため、投票はやり直しになった。朱音自身は、おとなしめの子たちのグループにいて、別の子に投票したが、女子の七割ぐらいが田原さんグループの指示に従ったようだった。この事態を面白がった男子らが「それなら田原にしようぜ」と小声で伝達してゆき、仕掛け人だったはずの田原さんが学級委員になった。田原さんも泣き出したが、機嫌が悪いことが明らかな担任は「では女子は田原さんに決まりました」と確定させた。以来、田原さんは元気がなくなり、イケてるグループからも孤立したことをはっきりと覚えている。小学生という生き物は、男女とも、グループができると、よからぬことをやらかすものなのだ。

「男子の誰かが、真野を選ぼうぜ、みたいな指示を出して、発表をせなあかんようになったんやね。黒幕は何ていう奴？」

裕也は返事をせず、朱音の視線に耐えかねたように、壁の方を向いた。

「裕也さん、私が先生に事情を話して、発表する役を取り下げてもらうさかい、リーダーの男子が誰なんか、教えて」

「…………」

裕也は黙ったままだった。父親との約束のせいなのか、それともガンジーのせいなのか。

嫌なことを我慢し続けていたら、そのうちに身体に変調をきたすようになるのではないか——朱音はそれが心配だった。また腹痛がひどくなって登校できなくなったりしたら、勝裕に申し訳ない。

朱音は階段を下りてリビングに行き、スマホから学校に電話をかけた。五年二組の真野だと名乗り、担任の赤尾先生を、と頼む。

しばらく待たされて赤尾が「はい、赤尾です」と出た。

「真野です。お世話になっております。先日は体調がよくないところをお訪ねしてしまい、すみません」

「いえ、こちらこそ、ちゃんと対応できず、申し訳ありませんでした」

「その後いかがですか。よくなりました？」

「ええ、次の日には」

「そうですか。それはよかった」朱音は少し間を取って、「うちの子が、五月のフリー参観日に、研究発表っていうんですか？　それをやる代表に選ばれたそうなんですが」

「ええ、そうです。クラスの投票で選ばれたんです」

「先生、それ、はっきり申し上げますが、いじめと違いますか」

「ええ……おっしゃることは判ります」

何だ、気づいていたのか。なのにそのまま裕也にやらせようとするとは、どういうつもりなのか。

「判る、というのは、いじめやと先生も認識されたということですか」

「いじめかどうかの判断はさておいて、投票をするときに、ひそひそ話をしたり、変なにやつき方をしてる男子が何人かいて、妙な感じはしていたんです」

「それが判っておられるんやったら、男子の代表者選び、やり直してもらえませんか。女子の代表は勉強ができる子なんでしょ」

「ええ、そうですね」

「そういう子は、はきはきとしゃべりながら、大人が感心するようなお手本となる発表をするのは判ってます。それに対して、うちの子がしどろもどろになって、内容でも負けてる発表をするのを見て笑ってやろう、ということじゃないですか。学校として、そんなのを認めてええんですか。お陰でうちの子、顔色を悪くして、ベッドに横になってるんです。この調子やと、また去年みたいに――」

「あの、どうしてもとおっしゃられるのなら、変更します。それは構いません」と赤尾が遮るように答えた。「私も何も見ていないわけではありませんので、真野君が選ばれたのは、おっしゃるような事情があった可能性は否定できないと思います。それをいじめだとおっしゃるのであれば、認めることもやぶさかではありません。担任として力不足で、申し訳ないと思っております」

「はあ」では何が言いたいのだ。

「でも私は、これは真野君がクラスの中で認められるチャンスかもしれないと思ってるんです」

「チャンス？」

「はい。もちろん真野君が何を発表するか、どう発表するか、それにかかってきますから、私が勝手に期待しただけで、いい結果になる保証はありません。なので無理に勧めるつもりはありません。代表を選び直すのも、ご希望なら、そうします。でも、もしかしたら真野君がクラスで一目置かれるようになれるチャンスかもしれないのではないかと」

「………」

「真野君は内向的なところはありますけど、何ごとも真面目でこつこつ頑張る人やと感じてます。何を発表するか、いいアイデアさえ見つかれば、しっかり準備して、いい発表をしてくれるんやないかと思うんですが、いかがでしょうか」

赤尾の提案には、少し心を動かされるものがあった。

「裕也に、先生の考えは伝えたんですか」

「いえ、まだ言ってません。私が言うと彼は多分、不満を口にすることなく、判りましたと答えると思うんですけど、心の中では、教師は助けてくれないばかりか、いじめに荷担して、無理矢理やらせようとしてる、と悪く取られるおそれがあるので、少し様子を見てからにしようと思ったんです。できれば、お母様から、これはチャンスかもしれへんよ、という形で提案してみていただけないでしょうか」

うーん、迷う。

「そしたら、二、三日考えてみて、いいテーマが見つかったら、ということにさせていただけますか。あと、裕也の気持ちも確かめてからにしたいんですけど」

「もちろんです。裕也さんはやってくれると私、信じてますよ」

あの子の何を知ってるんや、あんたは。そう思ったものの、赤尾は去年の担任と違って、裕也のことをそこそこ考えてくれているようではある。だからこその提案だろう。

今日いきなり話しても、押しつけのような形になる。明日か明後日に話をしてみて、裕也の反応がよくなければ、断ろう。朱音はそう考えた。

その日の夜、裕也が就寝するのを待って、朱音はダイニングのテーブルで作業に取りかかった。

パート帰りに百均の大型店に寄って購入したのは、ケント紙と、招待券などを入れるのに使う、ちょっと豪華な紙質の白封筒だった。

まずは、鑑文《かがみぶん》の作成に取りかかった。そして二十分ほどで、こんな感じのものが出来上った。

南郷不二美　様
時下ますますご健勝のこととお喜び申し上げます。平素より逢坂涼をご支援いただきまして、誠にありがとうございます。

さて、本日お送り致しましたのは、『逢坂涼シークレットディナーショウ』のご案内でございます。世間に公表しておりませんが、テレビ番組の予定変更や主催者の事情でコンサートの日程が変更になったりして、たまたま逢坂涼のスケジュールが空いたときに、会員様への日頃のご支援への感謝の気持ちとして、逢坂涼ファンクラブ事務局主催で、シークレットディナーショウというものを開催しております。

そしてこのたび、当ファンクラブ事務局内で、関西地方在住の会員様を対象に厳正なる抽選を行った結果、南郷様にもご案内を差し上げる運びとなりました。

ただ、逢坂涼のスケジュール変更に伴い、大急ぎで会場を確保し、招待状を発送しなければならないため、お手もとに届いたときには前日か当日になってしまうことがしばしばあり、大変ご迷惑をおかけしております。つきましては、もしこの案内をお開きになったのが、既にディナーショウ終了後だった場合は、何とぞお許し下さいませ。

なお、ご参加が難しい場合には、ご用意する料理と席の数などの関係上、当ファンクラブ事務局まで、メールにてご一報いただけると幸いです。ご参加される場合は、同封の招待券を会場までご持参いただき、受付にご呈示くださいますよう、お願い申し上げます。

では、（逢坂涼に代わりまして）、お会いできることを心よりお待ちしております。

逢坂涼ファンクラブ事務局

続いて招待券。ノートパソコンで、いかにも招待券に使われそうな背景や縁の模様を探し、金色と緑色のツタのような模様が周囲に施されたものを選んだ。プリンターに接続して、ケント紙に印字。なかなかの出来映えに、「ええやんか」とほおが緩んだ。

さらに、〔逢坂涼シークレットディナーショウ招待券〕という文字を、飾り文字で真ん中に入れ、下の方に日時、会場、参加費を加えて、さきほどのケント紙の上にさらに印字を重ねた。

完璧な出来映えに満足しつつ、カッターナイフで、招待券の大きさに切り取った。

日時は明日の午後七時、会場は大阪のキタにあるエンペラーホテル4F菱《ひし》の間。南海市からは電車や地下鉄を乗り継いで四十分ぐらいはかかるはずである。菱の間が本当にあるかどうかは知ったことではない。参加費は、怪しまれないよう、一万円ということにした。熱烈なファンだったら、それぐらい喜んで出すだろう。しかも逢坂涼サイドからの直々《じきじき》の招待である。南郷だったら、親族の葬儀と重なっても行くはずだ。

最後に、南郷宅の宛名《あてな》や、裏側のファンクラブ事務局の住所などを封筒に印字した上で、〔料金別納郵便〕のマークと、〔速達〕の赤文字も重ねて印字。今の時代、パソコンとプリンターがあれば、こういうものがすぐに作れてしまう。〔料金別納郵便〕のマークの位置がやや内側になってしまったが、不審に思われるほどのものではないだろう。

鑑文と招待券をチェックし直して、封筒に入れ、のりづけして閉じた。

これを明日の朝、あいつの郵便受けに投函する。あいつはきっと、大喜びして、着飾って、いそいそと出かける。ところがエンペラーホテルに到着してみると、そんなディナーショウなどやっていない。あいつは途方に暮れるのだ。ホテルの従業員を相手に一悶着《ひともんちゃく》あるかもしれない。できれば、ホテル側とのトラブルがエスカレートして警察沙汰《ざた》になることを期待したい。

その場面を見ることができないのが残念である。

壁の時計を見ると、午前一時になろうとしていた。酎ハイでも飲んで寝ようと、背伸びをしたとき、階段を下りる音が聞こえ、すりガラスの格子戸が開いた。パジャマ代わりのTシャツにジャージ姿の裕也が、充血した目をしていた。フリー参観日の件で眠れないのだと察した。

「眠れないの？　大丈夫？」

泣き出すのではないかと思ったが、意外にも裕也は、朱音を見すえて「僕、頑張ってみる」と言った。「発表したいことが見つかってん」

「ほんまに？　何を発表するん？」

「それは内緒。自分の力でやってみる」

この子、いつの間にこんなに成長を。あかん、泣きそうになってきた。

「今までずっと起きてて、発表テーマを探してたん？」

「うん」

「それで、見つかったんやね」

「うん、見つかった」

「やったなあ。そしたら頑張り。私に手伝えることがあったら言うて」

「ありがとう。でも自分でやってみるわ」

「そうか……何か温かいもの、飲むか？」

「うーん、実は、おなか減って」

夕食から六時間ぐらい経っているのだから無理もない。

「そしたら、にゅうめん作ろうか。一緒に食べよ」

「うん」裕也がうれしそうに笑った。「トイレ行ってくる」

朱音は、目の隅ににじんだ涙を指先で拭き取った。説得するよりも先に、裕也は自分で気づいたのだ。フリー参観日の発表は、いじめをなくすチャンスかもしれないと。

にゅうめんは、独身時代からよく作ってきた定番の深夜食である。インスタントラーメンよりも、値段も安く、カロリーも低くて、ほどよい満腹感によって心地よい眠りに就くことができる。コンソメスープで食べるのが朱音のお気に入りである。

この日は仕上げに、フライパンで軽く焼いたハムと、刻みネギとゴマを載せた。

裕也は、ふうふう息を吹きかけながら、黙々と、にゅうめんをすすった。お互い、何もしゃべらないで、すする音が重なる深夜のこのひとときが、朱音にはとても貴重な時間のように思えた。

火曜日の朝、朱音は睡眠不足を我慢して早起きし、南郷宅の郵便受けに、偽の速達封筒を投函した。コトンという、中に落ちる小さな音が心地いい。空は快晴で、いい一日になりそうだった。

裕也が登校した後、紅茶を飲みながら朝のワイドショー番組を見ていると、関東地方で発生したという、隣人争いから派生した殺人事件を伝えていた。殺されたのは七十代後半の老人男性で、隣宅の中年女は以前から、大声で「こっちを見るな」「とっととくたばれ」などと怒鳴り散らし、生ゴミを投げ込んだり、庭木を折ったりしていたという。老人男性は三度にわたって警察に相談したものの、中年女は「そんなことしてない。認知症老人なので心配だ」などと事情聴取で完全否認。老人男性は、中年女が怒鳴る様子やレンガを投げ込んできたところをビデオ撮影したが、カメラを奪うために敷地内に入って来た中年女ともみ合いになり、突き飛ばされて転倒、庭石で後頭部を打って死亡したという。

ゲスト出演していたタレント弁護士が、警察の対応の鈍さを批判した上で、「テロップでは殺人、となってましたが、おそらく傷害致死での立件となると思います」と、事件の本質とは妙にずれたコメントをしていた。

南郷みたいなくそババアが、よそにもいる、ということだ。亡くなった男性老人は気の毒ではあるが、自分の身は自分で守る、という意識が欠如していたこと、警察に任せれば安全は保たれると馬鹿真面目に思い込んでいたことが、結果的に命を落とすことになったのだ。

やられたらやり返すべし。相手の心を完全に折るまで、二度と刃向かう気持ちにならないところまで戦わないと、逆にこっちがやられるのだ。遠慮なんかしてはいけない。

身をもって、自身の行動を通じて、裕也にも、そのことを教えないと。

夕方のトレーニングで裕也は、普段よりもなぜか気合いが入っている感じで、いつもならもう限界、となったらすぐに終了していたのに、そこで一呼吸置いてさらに続けようとして、結果的にどの種目も、回数が一、二回増えた。

「頑張るやんか、今日は」

「パソコンでちょっと調べてみたら、限界ですぐにやめるのは、もったいないねんて。そこでもう一踏ん張りして、あと一回増やすようにしたら、筋肉の発達も早いねんて」

「へえ、そうなんや」

家に一台だけあるノートパソコンは家族の共有ということになっており、裕也も平日は一日三十分まで、土日は一時間まで使用していいことになっている。ときどき履歴をチェックしているが、虫や動物、未確認生物に関係するサイトや動画を見ている様子である。まだ小五だからなのか、根が真面目だからなのか、こっそりアダルトサイトを覗くような真似はしていないようだ。

「それとな、僕だけ、もう一種目増やしたいねん」

「何を増やしたいん？」

「カールっていう種目。鉄アレイでこうするやつ」

裕也は、普段、肩のトレーニングに使っている五キロの鉄アレイを、いわゆる逆手に持って腿のつけ根の前にスタンバイし、そこからひじを曲げて鉄アレイを巻き上げる動作をして見せた。

「ああ、知ってる、知ってる。力こぶと前腕を集中的に鍛える種目やね。それもパソコンで調べたんや」

「うん」

「判った。そしたら裕也さんだけ一種目追加ね。私はええわ。腕あんまり太くしたくないから」

裕也はカールに取りかかった。十七回目ぐらいで限界かな、と思われたが、そこで一息入れてあと一回、さらに一息入れてもう一回まで続けた。鉄アレイを下に置いた裕也は、左右の力こぶを順番に触って、「ぱんぱんになってる」と、ちょっとうれしそうに笑った。

この子は、運動神経はあまりよくないけど、頑張ったら学年で一番の力持ちになれるかもしれない。それが、現実的なことに思えてきた。

その日の夜、南郷が何かしてくるかもしれないと身構えていたが、何ごともなく更けていった。なかなか眠れず、二階の寝室の窓から外の様子を窺ったものの、敷地に入ろうとする人影などはなかった。

水曜日の朝、監視カメラの映像をチェックしたが、新聞配達員しか映っていなかった。

もやもやした気分で、くらの庵でのパート仕事をすることになった。

南郷は、偽の招待券にまんまと引っかかってエンペラーホテルに行ったのか？

それとも、不審に思ったり罠だと気づいたりして、行かなかったのか？

いや、行った。招待券も封筒も、かなりそれらしく作ったし、逢坂涼ファンクラブからの案内となれば、あいつはそれを疑ってみる、という冷静さを失うはずだ。

そう、行ったと考えていい。問題はその先だ。

さすがにショックが大きくて、意気消沈しているのか。

それとも、過去最大の怒りに震えているのか。

心が折れてくれていれば、と願いたいところだが、後者だと思っておいた方がいい。

何しろあの女は、サイコモンスターなのだから。

きっと、また何か仕掛けてくる。潰すか潰されるかまで終わらない。あいつはまだ潰れたりはしていない。

そして――その予感は的中した。

7

帰宅すると、裕也の姿がなかった。ランドセルは靴箱の上にあったが、玄関ドアには鍵がかかっている。

勝手口側のエアコンの室外機とコンクリートブロックの間には、その鍵が隠してあった。帰宅したら裕也はここの鍵で玄関ドアを開けることになっているのだが、どこかに出かけるときは施錠した上で、同じ場所に戻すように、といってある。

つまり裕也は、どこかに出かけている、ということだった。

嫌な予感がした。

自転車で尾花公園に向かう途中、民家が並ぶ細い道で、その裕也と、近所の二歳年上のセイト君を見つけた。セイト君はサッカーボールを持って、裕也の肩に片腕を回して話しかけている。そして裕也は、片方のひじを押さえて、顔をしかめていた。

「どうしたん？」

自転車を停めて立てかけようとしたが、あわてて倒してしまい、派手な音が響いた。

「怖いおばさんが、ドーベルマンで脅してきたんや」紅潮した顔でセイト君が言った。

「裕也君、逃げたんやけど、こけてん」

「それで怪我したん？」自転車を立て直しながら聞くと、裕也が険しい顔のまま、うなずいた。「ちょっと見せて」と言うと、裕也がひじを押さえていた手をどけた。

五百円玉サイズの擦り傷から、前腕部分にかけて血が流れていた。

「咬《か》まれたりはせえへんかったの？」

「それは大丈夫やった。裕也君がこけて、うわあって、叫んだら、おばさんがリードを引っ張って、ドーベルマンを止めたさかい」とセイト君が説明した。「でも、何回か、ドーベルマンを向かわせるふりをして、こけてる裕也君を脅かしよってん」

セイト君の声は震えていた。

あのくそババア、息子に手出しなんかしやがって。絶対に許さへん。

朱音は、全身がかあっと熱くなるのを感じた。

ひとまず帰宅することにして、自転車を押して歩いた。その道中で、詳細を二人から聞いた。

セイト君が久しぶりに遊びに来て、サッカーの練習をしようと誘ってきたので、裕也はそれに応じて、二人で尾花公園に行ったという。二人で交互にボールを蹴りながら、流行《はや》っている芸人のリズムネタを口にして笑っていると突然、ドーベルマンを連れた南郷が公園内に入って来て、無言で近づいて来た。南郷は、片足を引きずるような歩き方だった、とセイト君は言った。

ドーベルマンは、今にも襲いかからんばかりに歯をむき出しにして、うなりながら迫って来た。セイト君が「やばい、逃げよう」とボールを持ち、裕也も「うん」とうなずき、二人はそれぞれ分かれて走った。すると南郷は、裕也だけを狙い撃ちにして、ドーベルマンに追いかけさせた。セイト君の話によると、南郷が持っているリードは、ボタン一つで伸びたり縮んだりするタイプのものだとかで、南郷は走らなくても、リードを伸ばすだけで、十メートル以上、ドーベルマンだけを走らせることができるらしい。

そして裕也は転倒してひじを怪我しただけでなく、さらにぎりぎりの距離までドーベルマンをけしかけられて、恐怖の時間を味わったのだった。

南郷は最初から最後まで、ほとんど何もしゃべらず、ドーベルマンを引っ張るときにだけ「ほい」と言っていたという。そして引き上げるときには、ふん、という表情で裕也を睨《にら》みつけて、まだ向かって来ようとするドーベルマンを引きずるようにして、公園から出て行ったという。他に目撃者はいなかったらしい。

「裕也君、ごめんな。助けてあげられへんで」

セイト君は、しょんぼりした表情で、裕也と朱音を見た。

「セイト君が悪いんやないねんから、気にせんとき。それより、尾花公園に行くときは、できたら大人の人と一緒がええよ。ああいう、いかれたおばはんがおるんやから」

「おばちゃん、僕のお母さんに言う?」

「その方がええと思うけど……何で?」

「……僕のお母さん、急に、裕也君と遊ぶなって言うてん」

「何で?」

「判らん。日曜日の夜に、急に言われてん」

あっ、と叫びそうになった。

あの怪文書のせいだ。セイト君の母親はあれを読んだ。それを真に受けたか、あるいは、内容はでたらめだろうと思っても、何らかのトラブルを抱えているらしい、そういう人に息子を接近させてはいけないと判断した——。

「そうか。何でか判《わか》らんけど、お母さんがそう言わはったんやったら、今日のことは内緒にしといた方がええかもしれんね」

セイト君は「ごめんなさい」と言ってから、「でも、お母さんがそういうこと言うても、僕は裕也君とは遊んであげるで」とつけ加えた。

ダイニングテーブルで傷口をアルコールで消毒するとき、裕也は「うわっ」と、いかにも痛そうに顔をゆがめた。幸い、ただの擦り傷だったので、消毒をして、パウダーの薬をふりかけ、その上に大型絆創膏を貼るだけで、何とかなった。

しかし、一歩間違えればドーベルマンに咬みつかれていたかもしれないし、転び方や場所によっては骨折していた可能性だってあるのだ。

そのせいでつい、朱音は絆創膏のはがした紙などを丸めながら「あのくそババア、いてもうたる」と口にしてしまった。心の中で毒づいたつもりだったのだが、気がつくと声に出していた。

「警察に言いに行くの?」と裕也が不安そうに聞いた。

「警察に言うても、事情をいろいろ聞かれて、相手の人には注意しときます、また何かあったら連絡してくださいって言われて終わりや。警察はこんなことでいちいち守ってなんかくれへん。自分の身は自分で守らなあかんのや」

「どうするの?」

「それはこれから考えるわ。裕也さんは心配せんでもええのよ。これは私とあいつの問題や。巻き込んでしもて、ごめん。あのおばはん、片足を引きずっとったやろ」

「うん」

「それ、あの針金の仕掛けに引っかかって怪我しよったんや。実は監視カメラに、あいつが転ぶとこが、ちゃんと映っとった。夜中に来て、スプレーであちこちに落書きするつもりやったらしいけど、針金の罠でダメージ受けて、逃げ帰りよってん」

裕也は、少しためらうような間《ま》を取ってから、こんなことを言った。

「お父さんが言うてたよ。能ある鷹《たか》は爪を隠す、って」

勝裕も明らかに、争いごとは避けるタイプである。裕也がいじめられたときに、励ますつもりで、すぐに手を出してくるような奴は馬鹿だ、頭がいい人間は手は出さないんだ、みたいな意味で話したのだろう。

「裕也さん、私はそのことわざ、意味が違うと思うよ」

「何で」

「鷹にとって爪は、獲物を捕らえたり、戦ったりするための大切な武器なんや。そやけどその鷹がやで、もし普段から自分の爪を見せびらかしてたらどうや。ウサギは、ははあ、あの爪には気をつけなあかんなと思うやんか。そしたら、鷹がウサギを狩るときの成功率は下がるやろ」

「うん」

「あほな鷹は、爪をみせびらかしよる。でも頭がええ鷹は隠す。いざほんまに使わなあかんときのためにや。爪を隠すのは、使わないということやないんやで。逆や。使うためにこそ隠すんや。針金の仕掛けがそれや。針金を仕掛けといたでーって、周りに言いふらしたりしたら、誰も引っかからへんやろ。こっそり仕掛けたさかい、うまいことといったんや。あれこそが、能ある鷹は爪を隠す、っていうことや」

「…………」

「とにかく、当分の間、尾花公園には近づかんとき。それと、防犯ベルは持ってなかったん？」

「あ……」

「そやから持っとかなあかんのんよ。鳴らしてたら、近所の誰かが見に来てくれて、あいつが何をしたか、証明できたんやから」

「…………」

「大丈夫、あいつが二度と悪いことしてこんように……そやな。まずは話し合いをしてみるわ。今度あんなことやったら、警察に言いますって。そしたらやめるかもしれんから」

言っている途中で大きく軌道修正したのは、裕也から不安顔で見つめられていたからだった。ようやく納得したのか、裕也は「うん」とうなずいた。

話し合いなんかでやめよるかい、あのババアが。


約一時間後。

朱音は自転車で南郷宅へと向かい、隣接する空き地の前で自転車を降りた。

空き地から植え込みに近づくと、ドーベルマンがさっそく気づいて、うなり声と共に近づいて来た。植え込みのコニファーは黒い鉄柵《てっさく》の向こう側に茂っているが、完全に視界が閉ざされているわけではない。ところどころ、枝葉の隙間《すきま》があり、庭の芝生や、歯をむいてうなっているドーベルマンが見える場所がある。

「むかつく奴やけど、やるわ」

朱音は小声で言い、片手に持った袋からあらびきロングソーセージを一本出して、柵の隙間に差し込んだ。ドーベルマンはそれでもまだ、うなり続けていたが、急にくんくんと匂いをかいだかと思うと、ソーセージをくわえ、ほとんど咀嚼《そしゃく》することなく、あっという間に飲み込んだ。

「こらこら、上等の本格ソーセージやねんから、もっと味わって食べなあかんやろ」

そのとき、玄関ドアのロックが解除され、開いた音が聞こえた。

まずい、急がなければ。

朱音はもう一本、ソーセージを柵の隙間に差し入れた。ドーベルマンはそれもすぐに飲み込んだ。ごちそうをもらったからだろう、うなり声はやんでいた。

朱音はソーセージの袋を丸めてジーンズのポケットに突っ込み、南郷宅の玄関前に回り込むと、門扉《もんぴ》を開きかけていた南郷が、はっとした表情になり、すぐに閉めた。まるで楯《たて》を構え直したかのような動作だった。

門扉の向こう側にいる南郷との距離を、二メートルぐらいになるまで、朱音の方から詰めた。

南郷は、髪を後ろにまとめて、黒いラメ入りセーターを着ていた。たれ気味の目で、朱音を睨みつけている。朱音も負けじとガンを飛ばして返した。

「何をしとるんじゃ」南郷が先に口を開いた。「人の家の周りで、こそこそと」

「お前の馬鹿犬におやつをやっただけじゃ、ぼけ」朱音は腕組みをして答える。「うちの息子を脅かして怪我までさせてくれたお礼や」

「はあ? 知らんなあ、何のことや」

「今さらとぼけるな。別の子がちゃんと見てたんや」

「知らんもんは知らん」

「シークレットディナーショウはどやった。楽しかったやろな」

南郷のこめかみの辺りが隆起した。

「やっぱりお前の仕業か。殺すぞ」

「やってみろや。ほら、その門を開けてこっちに出て来い。それとも片足がまだ痛くて出て来れへんか」

「くっ……」南郷が眉間に深いしわを作った。

「寿司屋に偽の注文をしたり、壁にスプレーかけようとしたり、怪文書撒《ま》いたりと、卑怯《ひきょう》な手ばっかり使いやがって。人間のくずやな、お前は」

「知るかい。おんどれの妄想じゃ」

「監視カメラがちゃんとお前を捉えとるんじゃ、しょうもない言い訳すな、あほ。あの映像、ネットに流したろか。実名入りにしたら、どんどん拡散するやろな。おもろそうなネット掲示板、なんぼでもあるさかいな」

「なめてんのか、こら。ええ加減にせえよ」

「それはこっちの台詞《せりふ》じゃ、くそババア」

「しまいに血ぃ見るぞ」

「おーこわ」朱音は腕組みを解いて、両手のひらを上げた。「何しろこのババア、ヤクザの嫁やったからな、怖い、怖い」

「おんどれ……」

「そのヤクザの旦那、不審な死に方してんやてな。しかも嫁は、保険金がっぽりもろた、と。ほんまに怖いんは、嫁の方やな」

「誰がそんなことするか。張り倒すぞ」

「旦那、何で死んだんやろな。不思議やなあ」

南郷が門扉に手をかけたので、朱音は斜めに身構えた。

南郷は出て来ない。だが、いつ飛び出して来るか判らない雰囲気はあった。

「来いや、人殺し」

「…………」南郷の表情が引きつり、肩がぶるぶる震え始めた。

「やる度胸がないんか、人殺し。接触事故の相手も殺したそうやんけ」

「何いぃ」

「お前に突き飛ばされたその人、トラックにはねられて死んだそうやな。立件されへんかったとしても、お前が人殺しやという事実は変わらんわ」

「うぐっ……」

さらに南郷の顔面の片側が、ぴくぴくと痙攣《けいれん》し始めた。人殺し、という言葉が地雷を踏んだらしい。

おー、えらい怒っとる。

そやけど、こっちはもっとむかついとるんじゃ。

大声でやり合ったからだろう。ドアが開いて、道に出てくる気配が右側の方にあった。朱音はいちいち見ないで、南郷に視線を向けたままでいた。

コニファーの隙間にちらと視線を向ける。ドーベルマンは、伏せの姿勢から横になったようだった。

「ところで、お前んとこの馬鹿犬、何かおとなしいんとちゃうか」

南郷が一瞬、ぽかんとした顔になった後、両目を見開いた。

「貴様ぁ、うちの子に何したんじゃっ」

「さっき言うたがな。記憶力ないんか。あらびきロングソーセージや」朱音はポケットから袋を出して見せた。「上等のやつや、感謝せえ」

「何を仕込んだっ」

「さあな。あれ？ そういうたらソーセージには串がついたままやったかなあ？ もしそうやったら、早いとこ吐かした方がええかもしれんで。いや、もう間に合わんかなあ」

南郷は引きつった表情できびすを返し、家の中に駆け込んだ。庭の方で慌ただしい物音がし、「ペロっ、ペロっ」と南郷が叫んだ。

ペロやて。間抜けな名前。

朱音は自転車にまたがって、南郷宅を後にした。

ソーセージに仕込んだのは、実際には串ではなく、ブロロンSというオウギ製薬の催眠剤である。包丁で切れ目を入れて、一本のソーセージに二錠ずつ。市販の催眠剤の中では効き目が強く、箱には〔大人　就寝前に一回二錠〕とある。あの馬鹿犬は、人間の大人が服用する二倍の催眠剤を飲み込んだわけである。

ブロロンSは、夫の勝裕が一時期服用していたものだった。会社の上層部に研究開発の進捗《しんちょく》状況などを報告しなければならない前日など、いろいろ考えてしまって寝つけないことが多かったからである。その後服用を止めたのは、ネットで情報を仕入れて就寝時にイメージトレーニングをするようになり、効果が実感できたからだった。用済みになったブロロンSが薬箱の奥に押し込んだままになっていたのは、ものをなかなか捨てられない勝裕の性格のお陰だった。

帰宅した直後、救急車のサイレン音が近づいてきたので、もしやと思い、引き返した。

尾花公園側から様子を窺《うかが》ったところ、案の定、南郷宅の前に救急車が停まった。

あのババア、あほか。犬畜生のために救急車が対応するかい。

やがて南郷の「何でやのっ」「あかんて言うてる間に、動物病院にはよ連れて行きぃなっ」などという怒声が耳に届いた。最後は「がーっ」と吼えていた。

再び帰宅した朱音は、リビングのソファでゲームをしていた裕也に「話し合いをして来た。悪かったって、謝ってくれたわ」と言っておいた。

裕也の表情は、信じてない、ということなのか、微妙な感じだった。

その後、ずっと警戒を続けていたが、南郷からの報復がないまま数日が経《た》ち、ゴールデンウィークが迫ってきた。

その頃、勝裕からメールがあり、申し訳ないが休みを取れる日が飛び石になってしまいそうなので帰省は難しくなった、こっちに泊まれる場所を確保するので、できれば来てくれないだろうか、と頼まれた。朱音は、くらの庵のパートがあるので、裕也だけを行かせる方向で日程を考えてみる、と返信した。勝裕からの再返信は、すまない、その代わりに五月後半に土日を合わせて四連休ぐらい取らせてくれると上司が約束してくれたので、そのときには帰るから、というものだった。

一人で行くことについて裕也は少し不安そうな表情を見せたが、朱音が空港まで送るし、向こうに着いたらお父さんが待ってるだけやから、と説明すると、安堵《あんど》したようで「あ、それやったら大丈夫」と、笑顔になってうなずいた。

裕也は、虫や小動物を観察していた夕方前の時間帯に、ダイニングのパソコンを使う時間が増えた。ゴールデンウィーク明けのフリー参観日に発表する準備のため、調べたいことがあるのだという。何を発表するのかは朱音にも内緒にしたいらしいので、朱音の方も詮索《せんさく》しないことにしているが、深夜に履歴を調べてみると、虫の擬態や動物の走る速さなどについて調べているようだった。やはり生き物の生態や特徴について発表するつもりなのだろう。

その他、アームレスリングの技術についても裕也は調べていた。履歴にあったそのサイトを開いてみたところ、相手の手の握り方、ひじの角度、足の位置など、勝つための方法がいろいろと紹介されていた。

アームレスリングはれっきとしたスポーツであり、相手を痛めつけることもないから、格闘技的な要素はあるものの、あの子の中ではOKらしい。トレーニング種目にカールを追加したのも、アームレスリングを意識してのことなのだろう。

裕也は、自分からちゃんと強くなろうとしている。その点については、拍手を送りたい。お人好しが過ぎるところは、賛成できないが。


ゴールデンウィークまであと三日となった火曜日の夕方、くらの庵から自転車で帰宅する直前に、尾花公民館から出て来た子ども会会長の衣川さんから呼び止められた。

「真野さん、あの南郷のおばちゃん、こないだ動物病院でちょっとした騒動を起こしたらしいで。知ってるか」

「いいえ。そうなんですか」

「本宮《もとみや》さんて、いてはるやろ。お寺の裏の家」

「いいえ、知りません」

町の長老ではないのだから、知らない人の方が圧倒的に多いことを、衣川さんは判《わか》ってないようだ。

「あ、そう。小型犬を朝と夕方、散歩させてはる人なんやけど」

「ああ……」朱音は思い至った。「確か、ミルクちゃんていうポメラニアンを、リードをつけないで散歩させてる」

「そうそう、その人、その人」

一緒に散歩しているポメラニアンに向かって「ミルクちゃん、もうすぐお家やから、もうちょっと頑張れ、頑張れ」「ミルクちゃん、今日はちょっと風が強いねえ」「ミルクちゃん、そこの草は食べたらあかんよ、変な薬がかかってるかもしれんから」などと、ずーっと話しかけるご老人である。

「あの人は、耳が遠いんですか」

「あー、そやね、確かに耳は遠いね。話しかけても、へ？ て聞き返されることが多いから。補聴器つけるべきやな、あの人は」

「で、その本宮さんのポメラニアン、もしかして南郷のドーベルマンに──」

「いやいや、そやない、そやない」衣川さんは苦笑いして片手を振った。「そのポメラニアンに予防注射するために、動物病院にいてはってんわ。ほら、南部バイパス沿いの、服の安売り店の裏通り」

「ああ……」

そういえば、動物病院がその辺りにあった気がする。

「本宮さんが順番待ってたら、いきなり南郷のおばちゃんが血相変えて駆け込んで来て、動物看護師っていうんか？　獣医さんの補助する人は」

「はあ」朱音も正式な名称は知らない。

「受付で、うちの犬が串ごとソーセージを飲み込んだみたいでぐったりしてる、すぐに診《み》て欲しい、助けてください、おカネはなんぼでも払うさかいって、大声でわめいてね。ミルクちゃん、びっくりして怖がって、耳がぺったんこになってんて」

「へえ、そんなことがあったんですか」

「それで、看護師さん二人と南郷の三人がかりでドーベルマンを車から中に運び入れて、看護師さんが、すみませんが急患のワンちゃんが入ったので先に診察しますと謝ってはってんけど、診察室でもあのおばちゃん、声を裏返らせて、助けてやってくれ、とか、犬の名前呼んだりしとったて。耳が遠い本宮さんが聞いても、結構な大声やったらしいわ」

「あらぁ」

「本宮さんは、これは長引きそうやなと思ったんで、その日は帰って、翌日に出直して、看護師さんに南郷のことを聞いてみたら、レントゲン検査をしたところ串なんか飲み込んでないことが判って、胃の洗浄っていうの？　そういうのをしてしばらくしたらドーベルマンも自力で立てるようになったって。具合が悪なった原因が何やったかは本宮さんも聞いてないそうや」

「そしたらドーベルマンは無事やったわけですか」

「らしいわ。そのままくたばってくれたらよかってんけどな」

そう言う衣川さんに、心の中で、ほんまやなあ、と同調した。

南郷がこのところおとなしくしているのは、ドーベルマンの体調を心配してのことかもしれない。

あれで、あいつの心を折ることができていればいいのだが、きっとその逆だろう。そのうちにまた突然、仕掛けてくるに違いない。何しろ、愛犬が標的にされたのだ。あいつの中で怒りのメーターは、既に振り切れている可能性がある。

ゴールデンウィークが始まるまであと二日と迫った水曜日、くらの庵に出勤すると、隣の牛丼店に「しばらく臨時休業致します。ご迷惑をおかけして申し訳ありません。」と書いた紙が、カウンターに立てかけられたプレートに貼ってあり、その店だけ照明が消えていた。

先に入っていたツェンさんに「どうしたんやろか、牛丼屋さん」と聞いてみると、「私知らない。掃除のおばちゃん、店長が悪いことした言うてる」と教えられた。

「店長が何したん？」

店員女性に手を出して離婚し、それでも懲《こ》りずにあちこちの女性に誘いをかけ、朱音にまで触手を伸ばそうとした男である。女関係でまた何かやらかしたのだろうか。

しかしツェンさんは「おカネ盗んだ」と言った。

「えっ、泥棒したん？　で、捕まったんか？」

「知らん」ツェンさんは頭を横に振った。「掃除のおばちゃん、詳しく知る」

その掃除のおばちゃんがやって来たのは、仕事を始めて三十分ほど経ったときだった。今回は朱音の方から「おばちゃん、隣の店長、何かやらかしてんて？」と手招きしながら小声で尋ねた。

「そうそう、店の売り上げをちょろまかしとったらしいで」

「うそ」

「ほんまやがな」掃除のおばちゃんは軽く叩《たた》く仕草をした。「昨日の夜、事務所に連れて行かれた店長が、オーナーさんと事務所の偉い人から問い詰められて、泣いて土下座しとってんて。オーナーさん、えらい剣幕で、刑事告発するて言うてたけど、事務所の人が、まあまあちゅうてなだめとったらしいわ」

「どれぐらいの金額なんやろか」

「又聞きやさかい、詳しいことはちょっとあれやけど、半年以上前からやっとって、合計で百万以上になるらしいわ」

「うわあ、えらいこっちゃ」

「ほんまやで。店長は返します返します、許してくださいちゅうて、涙と鼻水垂らしとってんて。見たかったなあ、それ。誰か気ぃ利かして写メでも撮ったらよかったのに」

「あははは……って、笑《わろ》たらあかんことやけど」

「店長その後、必ず返済しますという誓約書みたいなんを書かされて、拇印《ぼいん》押しとってんて。そのときに、連帯保証人を見つけられへんかったら、刑事告発するさかいなってオーナーさんから言われてんて」

「見つかるんやろか」

「難しいやろな。離婚もしとるし」

「おばちゃんがなったったらどやのん」

「何でやんねん」掃除のおばちゃんが手の甲で叩く仕草をした。「ああいう男は、いっぺん地獄を見んことには、改心せえへんのや。甘やかしたらあかん」

掃除のおばちゃんがいなくなったところでツェンさんが「店長さん土下座したか」

と聞いてきたので「そうらしいわ」と答えた。

「死刑になるか」

「いや、それはないよ。日本では、それぐらいでは刑務所にも入らへんと思うよ。有罪になったとしても執行猶予がつくやろ」

「朱音さん、そこは、何でやねん」

「え？」

「朱音さん、台詞、何でやねん」

ツェンさんが、手の甲で叩く仕草をしたのを見て、ようやく理解した。

本気で死刑になると思っていたのではなくて、ボケた、ということらしい。ボケのレベルとしては評価しづらいが、ツェンさんなりに関西弁の会話というものを学習した結果なのだ。

「ごめん、しくじった」

朱音が両手を合わせると、ツェンさんは真顔で「許す」と答えた。

何でやねん。

その日の夕方、裕也が「今日のトレーニング、逆上がりの練習に変えてもええ？」と言ってきた。

「逆上がり？ どういうこと？」

「体育でやってんけど、男子では僕とあと三人だけ、できへんかってん」

「あー、そうなん」

いちいち聞かなくても想像はできた。きっとクラスのいじめっ子たちから、そのことをまた馬鹿にされたのだろう。そいつらには、逆上がりができるぐらいで、優越感に浸ってな、ぼけなす、と言ってやりたい。

「できたら、次の体育のときに、できるようになりたいねん」

「それはすばらしい考えや。よし、そしたら練習しよう」

「朱音さんはできるん？」

「まあ、低い鉄棒やったら、子どものときはできたさかい、今も大丈夫やと思うねんけど。高鉄棒にぶら下がった状態からは無理やね」

そう言ったとき、最寄りの鉄棒といえば、尾花公園しかないと気づいた。

一応、何かそれなりのものを準備して行った方がいいだろう。

まずはネットで、逆上がりのやり方について調べてみた。逆上がりはそもそも、やり方もへったくれもなく、フォームも決まっているわけだが、できなかった子ができるようになるためには、何に気をつけければいいか、という情報が欲しかった。

しばらく探して、よさそうな方法が見つかった。ロープや帯などを腰の方から鉄棒ごとくって、おなかと鉄棒を密着させる状態で逆上がりをすると成功率が高くなり、その方法で一度できるようになった子は、ロープや帯なしでも既に逆上がりの感覚と要領を覚えているので、簡単にできるようになる――子ども体操教室を開いているという男性のブログに、写真入りでその様子が紹介されていた。

「裕也さん、この方法やってみよ。ちょっと使えそうなもん、探してくるわ」

裕也にそう言いおいて二階の寝室に行き、タンスやクローゼットを探した。

若い頃に使っていたワインレッドのフェルト製マフラーが使えそうだった。毛糸と違って伸びないし、引っ張ってみるとなかなか頑丈である。長さも充分だった。

朱音はそのマフラーだけでなく、勝裕の書斎に移動して、工具箱の中に入っている薄手の折りたたみ式工具ナイフを手にした。

ドーベルマン対策を怠ってはならない。南郷が二階の窓から、鉄棒をしている朱音たちを見つけたら、何かしてくるおそれがある。

頭の中で場面を想像してみた。南郷がドーベルマンをけしかけてきた。まずは、催眠剤入りソーセージを差し出す。ドーベルマンが素直にそれを食べてくれれば、ナイフまでは使わなくて済む。

問題は、あのドーベルマンが、先日ソーセージを食べたせいで体調がおかしくなったことを学習している場合だ。朱音のことを完全に敵だと認識して、恨みを募らせていたら、迷わず咬みついてくるだろう。

そのときは左腕を咬ませておいて、右手のナイフでブスリとやるしかない。腹でも背中でも、めった刺しにしないと、こっちがやられる。その覚悟を持って、ナイフを携帯しておくべきだろう。

朱音は、動きをシミュレーションしてみた。咬みつかれてからジーンズの尻ポケットからナイフを取り出していたのでは、刃を開くのが難しい。ドーベルマンが向かって来たと気づいたらすぐに、ナイフを開いておかなければ。

いつの間にか、今からドーベルマンと戦う前提でものを考えている自分に気づいて、朱音は苦笑した。「ないか」と肩をすくめ、ため息をついた。

ナイフをたたんでジーンズの尻ポケットに突っ込み、マフラーを持ってダイニングに戻った。裕也がトイレに入っていたのでその間に、冷蔵庫からあらびきロングソーセージを一本出して、包丁で切れ目を入れ、ブロロンSを二錠仕込む。それをラップでくるんでパーカーのポケットに収めた。

ナイフを使うような局面には、もちろんなって欲しくないが、もしものときは、ためらってはいけない。めった刺しだ。朱音は自分にそう言い聞かせた。

8

尾花公園では、小学校低学年ぐらいの女の子二人がおしゃべりをしながらブランコを漕いでいた。南郷宅を見ると、二階の窓にはカーテンがかかっていた。鉄棒やブランコなどの遊具は公園東側の隅にあり、南郷宅に至る西側出入り口からは四十メートルぐらいの距離がある。

自転車を鉄棒のそばに停め、朱音は前かごに入れておいたマフラーを、三段階の高さに分かれて横に並んでいる鉄棒の、一番高い段の隅にかけた。

「ちょっと私がやってみるさかい、見といて。後ろから見た方がええかな」

「うん」

朱音は一番高い鉄棒を順手でつかんだ。逆上がりなんて何十年ぶりだろうか。でも、できるはずだ。小学生の頃は、連続の逆上がりもできたのだ。

「持ち方は、順手でも逆手でも、やりやすい方で」朱音は言った。「で、勢いよく片方のひざを振り上げながら、鉄棒をおなかに引き寄せて、回る」

言いながら、そのとおりの動作に入った。

しかし、あと少しで回れる、というところで重力の抵抗に遭い、失敗した。

「今のは練習。今度はほんまにやるさかい」

朱音は苦笑いして言い訳し、再チャレンジした。

が、またもや失敗。

「あかん。ブランクが長いことよりも、体重が増え過ぎたんや」

朱音は、ふう、と息をついた。

「おしかったよ」と裕也がなぐさめの言葉をかけてくれた。「もうちょっとで、ちゃんと回れる感じやった」

「そう？」

「うん。ほんまにもうちょっと」

「よし、そしたらもっかい、やってみるわ」

朱音は、今度は逆手に持ち替えてやってみた。

が、またもや回れず。「あーっ、くそ」とつい口にした。

そのとき、ブランコの方から走って来た低学年の女の子二人が、一番低い鉄棒を並んでつかみ、無造作にひょい、と逆上がりをやってみせた。そのうちの一人が「こんなん、簡単」と言って、にやりとした。

むかつく子らやな。誰にでも簡単なわけやないわ。

「上手やね」と朱音がほめると、にやりとした方の女の子は、今度は三回連続の逆上がりをやってみせた。そして、もう一人の子が「行こ」と声をかけ、「うん」と答えて、スキップ混じりの歩き方で、北側の出入り口から住宅街の方に去って行った。

あの子ら、ろくな大人にならんな。

裕也が複雑な表情をしていた。

「最初からできる子もいるけど、そうやない子もいるんやから。大切なことは、努力と工夫をすれば、できひんだことができるようになるっていうこと。ボクシングの内《ない》藤大助《とうだいすけ》選手なんか、中学生のとき、ヘタレでいじめられっ子やってんけど、努力と工夫で世界チャンピオンになってんで」

内藤大助のことを知らないらしい裕也は「ふーん」と、あまりピンとこない顔で、あいまいにうなずいた。

「とにかく、練習したらできるようになるて。あ、そや、これ使てみよ」

朱音は思い出して、隅にかかっているフェルト製のマフラーを取った。

一番高い鉄棒だと、マフラーを下背部から回すには高過ぎたので、二番目の高さの鉄棒に変更した。後ろからマフラーを回して、鉄棒と一緒に、おなかの前でしっかり結ぶ。念のため、固結びを二回やって、引っ張って強度を確認した。

「そしたら、やってみるで」

朱音はそう言って、左足で踏み切って、右ひざを振り上げた。

身体が上下逆になり、空が広くなった。パーカーのフードが頭にかぶさってきた。

成功。拍子抜けするほど上手《うま》くいった。

お陰で、鉄棒をおなかに引き寄せる要領を、体感で思い出すことができた。そうそう、こういう感覚でやれば、できるのだ。

裕也が「わっ、すごい」と拍手している。朱音がパーカーのフードを外し、マフラーをほどくと、裕也が右手を挙げて近づいて来たので、ハイタッチに応じた。

今度はマフラーなしでもできそうな気がしたので、二番目の高さでやってみた。できた。マフラーを巻いた感覚を維持してやったら、すんなりできた。

裕也が「うわ、もうできた」と目を丸くした。

「これを使うと効果抜群やわ。裕也さんもやってみ」

「うん」

裕也を一番低い鉄棒の前に立たせ、マフラーを巻いてやった。

「よし、じゃあ、いってみよう」

裕也が片足を振り上げた。失敗。だが裕也は「学校でできひんかったときに較《くら》べたら、感じがつかめてる気がする」と言い、再チャレンジした。

もう少しで回れる、というところで逆戻りしそうだったので、朱音はとっさに手を伸ばして、裕也の脚をつかんで補助した。裕也の身体がくるりと回り、着地した。

「あー、こういう感覚か。何か、判ってきた」

裕也はほおを紅潮させて言った。全くできなかったことが、できるかもしれない、というところまで進歩したことに、軽い高揚感を覚えたようだった。

「何回か補助つきでやってたら、そのうち補助なしでできるようになるんちゃうか。それができるようになったら、最後はマフラーなしや」

「うん」

裕也は再び逆上がりにチャレンジした。

七回目の挑戦で、裕也はついに、補助なしで回ることができた。着地した裕也が、「やった……」とほおを緩めた。朱音は、ちょっと泣きそうな気分にかられながら、「やったね、すごい、すごい」とハイタッチした。

この子が劇的に成長する現場に立ち会うことができた。おカネでは買えない感動だ。

「手のひら、大丈夫？」と聞いてみると、裕也は両手のひらを眺めて、「ちょっとひりひりしてきたけど、もうちょっとやってみるわ」と言った。

それから連続三回、補助なしで裕也は成功した。逆上がりの感覚というものを完全に身につけたようだ。自転車と一緒で、いったん感覚を身につけることができれば、案外楽にできるものである。

「今度はマフラーなしでやってみるわ」

「そうか。そしたらやってみよか」

朱音が、マフラーをほどきながら「マフラーを巻いてやってるつもりでやったらええんやからね」と言うと、裕也は「うん、判った」と言った。

裕也は、一度大きく呼吸をして、鉄棒をつかみ直した。

左足で踏み切り、右ひざが持ち上がる。裕也の身体が回って、上下逆になった。できるかできないかの分岐点で一瞬動作が止まり、あっ、と思ったが、裕也の下半身は無事に鉄棒を越えて、それからくるりと回った。

着地して鉄棒から手を離した裕也が「やった……」と放心したように笑った。

「やった、やった」朱音はハイタッチをしてから、「すごい、すごい」とそのままハグした。裕也の心臓の鼓動が身体に伝わった。

ずっとそうしていたい気分だったが、他人に見られたらヤバい母親だと思われるので身体を離し、両肩をぽんぽんと叩いた。

「僕、一日でできるようになるとは思てへんかったわ」

「裕也さんは、やったらできるんよ」

「朱音さんが、できるようになる方法を教えてくれたからや」

「それもあるけど、裕也さんが頑張ったからよ」

「あっ、犬が来よるっ」

裕也が指さしたので振り返ると、ドーベルマンがいた。こちらに向かって走って来る。

南郷は……西側出入り口の辺りに立っている。

ドーベルマンは……リードでつながれていない。

一瞬だけ、それらがスローモーションのように見えたが、次の瞬間には、ドーベルマンが猛然と迫って来ていた。

裕也をかばう形で、とっさに前に立った。

ナイフ、ナイフ……。尻ポケットに手を回したが、焦ってうまく取り出せない。

左手をパーカーのポケットに突っ込んだ。ラップにくるんだはずのソーセージが、逆上がりをやるうちに、ポケットの中で半分以上めくれていた。

そのソーセージを取り出したとき、ドーベルマンは目の前に来ていた。

ソーセージを突き出す。同時に、右手でナイフを取り出した。

ナイフは必要なかった。ドーベルマンは、目の前で急に止まって、あっさりとソーセージを飲み込んだ。南郷が「ペロっ、あかんっ」と叫んだときは、とっくに跡形もなくなっていた。ラップだけが朱音の手に残った。

ドーベルマンが、もっとくれとでも言いたげに、朱音のすねやひざに頭を擦《こす》りつけてきた。こいつが馬鹿犬で助かった……。

南郷が、片足を引きずるようにして、走って来る。鬼の形相で「何を食わしたっ」と怒鳴っている。

「今度こそ串入りや。えらいことになるでー」朱音は怒鳴り返した。「お前の犬の命は、こっちが握っとるんじゃ。今度はもう助からんかもな、あーほーっ。」

「ペローっ、ペローっ」南郷は悲鳴を上げるように叫びながらドーベルマンに取りすがり、首輪をかけた。その首輪をつかんで、「何ちゅうことしやがる、くそ女っ」と充血した目でつばを飛ばす。ドーベルマンよりも南郷の方が、咬みついてきそうな勢いだった。

「じゃがまし、とっとといねっ」朱音は南郷を指さした。「次はお前の番やぞ」

南郷は、ぐわおおっ、と咆え、片足で地面を数回踏みつけてから、首輪を引っ張ってドーベルマンと共に遠ざかって行った。

やがて黒いマークⅡが出て行くのが、西側出入り口からちらと見えた。大急ぎで動物病院に連れて行くつもりだろう。

また南郷は、前回と同様の騒ぎを動物病院で起こすことだろう。赤っ恥をかいた上に、出入り禁止になりやがれ。

振り返ると、裕也が肩を上下させて、呆然《ぼうぜん》としていた。

「大丈夫やった？」

「話し合って、仲直りしたんと違《ちご》たん？」

「……さっきの見たやろ。ドーベルマンに私らを襲わせようとしよってんで。あんな奴、話し合ってわかり合えるわけないやんか」

「今度こそ串入りって、どういうこと？」

「へ？」

「朱音さん、さっき言うてた。ドーベルマンにソーセージ食べさせて、今度こそ串入りやって」

「あれはただのはったり。ほんまはただのあらびきロングソーセージ。ま、とにかく、ソーセージをやったらドーベルマンには咬まれへんということが判って、よかった、よかった」

朱音はそう言って、無理して笑顔を作ったが、ぎこちない表情になっていることが自分でも判った。裕也は驚きと恐怖と疑問が交錯したような、強《こわ》ばった顔で、朱音を見返していた。

さっきの逆上がりの感動が台なし。それもこれも、あのくそババアのせいだ。

ゴールデンウィーク初日の朝、裕也を空港に送るため、朱音は普段あまり乗らないデミオを運転していた。今日から二泊三日の予定で、裕也は夫勝裕のところに滞在する。

「連休初日からええ天気やね」

国道を走りながら朱音は言った。

「うん」

「向こうも天気はええらしいよ」

裕也は助手席に座って、ひざの上にリュックを乗せている。中には着替えと勉強道具と、未確認生物の本と、フリー参観日用のノートが入っている。ノートにどんなことが書き込まれているのか、朱音は知らないが、下書きはだいたいできたという。

小型ゲーム機を持って行くかどうか、裕也は少し迷ったようだったが、自分の意思で置いていくことにしたらしい。

「あっちの動物園と水族館、楽しみやね」

「うん」

「お父さんにいっぱい、写メ撮ってもらい」

「うん」

「出かける前にお父さんに電話してんけど、逆上がりができるようになったことは教えてへんから、お父さんの目の前でやってみせたらええやん、な」

「うん、そうするつもり」

「身体つきも最近になってぐんぐん、がっちりしてきたから、お父さん、びっくりするんちゃうか」

「そうかな」

南郷からドーベルマンをけしかけられた一件の後、裕也の口数が減っていた。あの怒鳴り合いに遭遇して、この人にはついていけない、と思われてしまったのだろうか。しかし、ああするしかなかったし、あれが自分のやり方なのだから仕方がない。逃げたり、何もできずに悲鳴を上げていても、身を守ることなどできないし、敵を完全制圧するまで戦いは終わらないのだ。

父親と一緒に過ごしてリフレッシュすれば大丈夫。関係がぎくしゃくする時期があっても、それを乗り越えるのが家族というものだ。

空港に近づくにつれ、田畑や水路が広がる景色になった。この辺りに限らず南海市は平野部が広いため農地が多く、市内のあちこちに水路が張り巡らされている。水深はせいぜい一・五メートルまでらしいが、ガードレールのない場所もあり、年に一、二度ぐらい、子どもやお年寄りが水死したり、車が転落する事故の報道を耳にしている。

その水路沿いで、ルアーフィッシングをしている小学生グループの姿があった。

「何が釣れるんやろか」

「オオクチバス、ブルーギル、ライギョ。ルアーで釣れるのは、その辺かな」

「釣り、したいんやろ」

「うん、まあ」

朱音が勝裕と結婚する前から、裕也は釣りをしたがっていたというのだが、水路の転落事故が怖いので、勝裕がまだ許可を出していない。中学生になったら始めてもい い、と約束しているそうなのだが、生き物好きの裕也は、既に知識はそこそこ蓄えているらしい。

「中学生になったら、ってお父さんと約束してるけど、六年生の誕生日からにしてもらえるよう、お父さんに頼んであげよか」

「えっ」裕也は一瞬、喜びを表情ににじませたが、すぐにそれを引っ込めて「ううん、ええ」と頭を横に振った。「約束したことは守りたいから」

「あ、そう」

継母に借りを作りたくない、ということなんだろうか。

空港に到着。駐車場が広いので、車を降りてから、搭乗手続きのカウンターにたどり着くまで、結構歩かなければならない。途中で「のど渇いた？」と聞いたが、隣を歩く裕也は「ううん」と頭を横に振った。

「緊張する？　飛行機、初めてやろ」

「緊張するけど、楽しみ」

「お父さんが向こうで待ってるさかい、何も心配いらんよ。一時間ぐらいで到着するから」

「うん」

「もし判らんことがあったら、空港で働いてる人の誰でもええさかい、聞くのよ」

「うん」

「まあ、そんな必要はないと思うけどね。私が見送って、飛行機に乗って、降りたらお父さんがおるねんから」

チェックインし、搭乗手続き開始までにトイレに行かせ、お菓子を買うてあげようかと言うが「いい」と断られ、そうこうしているうちに搭乗手続き開始となった。朱音は裕也の肩をぽんぽんと叩いて「楽しんできいや」と送り出した。

その後はガラス越しに、裕也が飛行機に乗るまでを見守った。裕也はリュックから未確認生物の本を出して、朱音に背を向ける形でベンチに座って読んでいたが、やがて搭乗の案内があり、本をしまって立ち上がった。

裕也はそのときに振り返って手を振ってくれたが、その後は並んでいるときも、見えなくなるときも、もうこちらを見なかった。

もう少し、甘える感じの態度を見せてくれたらええのに。

くらの庵に入ってしばらく経ったところで、見覚えがある女性がカウンターにやって来た。

眉毛《まゆげ》を細く剃《そ》って髪は短め、ちょっといかつい顔の四十代後半の女性。パート募集してないか、などと聞いてきて、最後に「負けへんで」みたいなことを言った変な人だったので、よく覚えている。この前はシマウマ柄の服だったが、この日はヒョウ柄の薄いセーターを着ていた。

ツェンさんが「いらっしゃいませ、こんにちは」と応じると、女性は「連休初日やていうのに、人少ないんちゃうか」と言った。

「連休初日、人少ないね」とツェンさんがオウム返しに答えた。

「いやいや、人少ないんちゃうかって聞いてるんや」

「少ない。見て判る」

「あんた、日本人ちゃうんか」

朱音が出て行って、「中国の人なんです」と答えた。

「あー、ほんまに」

「大型連休の前半は、かえって少ないんですよ。みんな行楽地に出かけたりするからやないですか。後半になったら近場で済まそうとなって、増えてくるんですけどね」

説明する間に、ツェンさんが調理台の方に下がった。

「あー、そんなもんか」

「ええ」

「隣の牛丼屋、閉まってるのは何でなん。採算取れへんで閉めたんか」

「どうなんでしょうね。私は何も聞いてないんですけど、お客さんはそこそこ来てた感じでしたよ」

「そうか。あ、きつねうどん、ちょうだい」

「はい、きつね一丁」奥に呼びかけると、ツェンさんが「はい、きつね一丁」と復唱し、取りかかる。

代金を受け取り、呼び出しチャイムを渡して「これが鳴るまでお待ちくださいね」と言ったが、女性はカウンターの前を動かず、「日本語が片言やのに雇うんか」と不満そうに言った。

「真面目《まじめ》でよく働くコですから。彼女をひいきにしてるお客さんもたくさんいてはりますよ」

「そうなん」

「ええ」

「今年もサンバカーニバル呼ぶんか」

「やるみたいですね」

「いつなん」

「今年は五月の第五日曜日って聞いてますけど」

「今年の五月は五回、日曜日があるん？」

「はい」

「そうか。今年も見に来なあかんな」

心の中で、うそやろ、とつぶやきながら「是非いらしてください」と答えておいた。

経緯や理由が全く判らないのだが、三年ほど前から、五月後半の日曜日に、二十人ぐらいのサンバカーニバルの一団がこのショッピングモール内でパフォーマンスをすることが恒例行事になっている。去年の五月に朱音は買い物客としてそれを見たのだが、ブラジル人らしき女性たちはカラフルなマイクロビキニ姿で頭に大きな飾りをつけて、お尻を振って踊り、男性たちも派手な衣装で太鼓などを打ち鳴らしながら、ショッピングモール内を行進していた。その光景は、異様そのもので、他の客たちも、苦笑したり、顔をしかめて耳を塞いだり、唖然《あぜん》として固まったりで、見られる側と見る側との温度差が大き過ぎて、なぜなんだ、なぜショッピングモール内でサンバカーニバルなんだ、と頭の中をたくさんの？マークがぐるぐる回った。

しかもカーニバルの一団はフードコートの中も通過するという。うどんやお好み焼きを食べている家族連れの真横をサンバカーニバルが通り過ぎる絵は、ミスマッチというより、ドッキリカメラの世界である。

ところが、そのサンバカーニバルを純粋に楽しみにしている人もいるらしい。人間って、多彩だ。

女性は、出来上がったきつねうどんのトレーをテーブルに持って行く前に、「あの人たちには負けられへんな」と、同意を求めるように言った。朱音は噴き出しそうになるのをこらえて、「ほんまですね」とうなずいた。

そろそろ上がりの時間だという午後四時過ぎに、フードコート内のやや離れたテーブルにいる、茶色に染めた短めの髪に、えりが大きめの空豆色のジャケットを着た初老の女性が、記憶にある顔だと気づいた。その向かいには男性が座っているが、ここからだと後ろ姿しか見えない。

その女性は、スプーンをすくって、甘味らしきものを食べていた。細身であごや鼻がとがっており、ときおり向かいの男性と話しているが笑顔はなく、どこか神経質そうな印象があった。

しばらく考えて、あっ、と声にしそうになった。

裕也の実母である美也さんの母親だ。裕也にとっては祖母にあたる人である。名前は確か……瀬田洋子《せたようこ》。朱音は直接会ったことはないのだが、家にあるアルバムに、裕也と一緒に映っている写真があった。多くは裕也が赤ちゃんの頃のものだ。

勝裕が朱音と再婚した後も、年に二回ぐらいの割合で、勝裕と裕也は、美也さんの実家である京都市内の瀬田宅を日帰りで訪ねている。朱音はよそ者なので遠慮するのが礼儀だと思い、勝裕も同じ考えなので、いつも留守番をしている。最近では先月、裕也の春休み中に訪ねている。

なぜ美也さんの母親がここにいるのか。向かいにいるのは父親だろうか。朱音は、彼女がここにいる理由だけでなく、あいさつをするべきかどうか迷った。

向こうにとっては、会いたくもない人間に違いない。だったら、気づかなかったことにした方がいいか……うん、それが無難だ。

朱音は、知らん顔でいることに決めた。もうすぐ上がる時間である。とっとと帰宅してしまえばいい。

だが、そうはならなかった。しばらく経って視線を感じたので見ると、小鉢やコップが載ったトレーを持ったまま、瀬田洋子が近くに立って、朱音を見つめていた。

裕也の継母の顔を、彼女は知っているのだと確信した。朱音は一瞬、パニック状態になったが、記憶をたどってようやく気づいた、という感じの表情を作って、それでもまだ自信がないという感じで、怪訝《けげん》そうに会釈をした。

瀬田洋子は甘味処の店にトレーを返してから、こちらにつかつかとやって来た。笑顔はない。むしろ険しい表情だった。

「あなた、真野朱音さんよね」

詰問するように聞かれて朱音は「はい」とうなずき、「ええと、もしかして、美也さんの……」と尋ね返すと、瀬田洋子は「ええ、そうですよ」と答え、「ここで働いてらっしゃるの？」と、品定めをするように、朱音の身なりや店内を見回した。

「はい、パートで」

「何時から何時まで？」

「今日は午前十時半から午後四時半ですけど……」

「裕也君は今、勝裕さんの出張先に行ってるんでしょ。メールで近況を聞いたら、そんな返事だったわよ」

知らなかった。勝裕はメールで、美也さんの母親とちょいちょい連絡を取り合っていたのか。

しかし考えてみれば、それはちっともおかしなことではなかった。裕也を会わせる約束だとか、美也さんの墓参りだとか、連絡を取り合うべき関係なのだから。朱音の顔を知っているのも、勝裕がスマホの画像などを見せたのだろう。自分から見せはしないだろうが、見せて欲しいと言われたら断ることはできない。

いずれにしろ、瀬田洋子は朱音のことをある程度知っているようだった。勝裕への連絡のついでに、いろいろと探りを入れるという方法で。

「ええ、そうです」と朱音は作り笑顔でうなずいた。「ちょうど今朝、裕也さんを空港まで送りました。今頃、動物園か水族館に連れてってもらって楽しんでると思います」

「小学生の子を一人で飛行機に乗せて、あんな遠いところまで行かせたの？」

「別に乗り継ぎなどは必要ないので。空港に送ったら、向こうで勝裕さんが出迎えますから大丈夫ですよ。裕也さんも最近はしっかりしてきて、一人で行けるって自分から言ったんですよ」

少し話を盛った。

「まあ、あなたがパートを優先してたら、裕也君もそう言うしかないでしょうから」

さすが京都の人間。最後の「から」のところに力が入っている。嫌味を言い慣れた人、という感じだった。美也さんはあんなに優しそうな人やのに。

「あの、こちらへは、何のご用で？」

朱音は話をつなげるために尋ねただけだったが「あなたに話しても仕方のないことやから」と返された。

どついたろか。話をする気がないんやったら声かけてくんな。

「そうですね。あほなこと聞きました。すみませんが、仕事中なので、これで失礼致します」

朱音は愛想笑いを続けながらそう言って一礼し、背を向ける形で洗いものの残りを片づけにかかった。ツェンさんに代わってさきほどから入っていた店長のユキちゃんから「知り合い？」と聞かれたので、わざと聞こえるように「ううん、初対面」と答えたが、振り返ると、瀬田洋子はいなくなっていた。

だが、それで終わりにはならなかった。上がる時間となり、着替えを済ませて店から出ると、瀬田洋子はまだ同じテーブルにおり、白髪の男性が立ち上がって振り返り、会釈をしてきた。顔を見て、やはり美也さんの父親だと判る。名前は……何だったか。上がりの時間を瀬田洋子から聞かれて教えたことを思い出した。もしかしたら、待っていたのかもしれない。

無視するわけにはいかないので、朱音が近づくと、男性は「美也の父親です。こんなところで会うとは奇遇ですね」とにこやかに自己紹介した。瀬田洋子の方は、ふん、という感じの表情で、座ったまま朱音を見上げている。

「真野朱音と申します。ときどき、裕也さんと勝裕さんがお邪魔させていただいてます。いつもありがとうございます」

父親の方は接しやすい人物のようなので、朱音は丁寧にお辞儀を返した。

「あの、せっかくなんで、少しだけお話ししませんか」と父親が言った。「裕也君から話を聞いてて、一度お会いしたいと思てたんですよ」

瀬田洋子が「忙しいんやから、そんな引き留めたらあかんて。ねえ朱音さん」と口をはさんできた。

「いえいえ、少しぐらいなら大丈夫です。私なんかのことを知っててくださって、その上、親切に声をおかけいただいて、感激です」

父親から席を勧められて、双方と同じぐらいの距離になる横に椅子を動かして腰かけた。

「私らは、ちょっとした親戚の集まりでこっちに来た帰りなんですわ」と父親が切り出した。「事業で失敗した男がおって、私らを含めて親戚からカネを借りて回っとったもんで、返済計画について話し合ったり説教したりで、連休初日からえらいことですわ」

「お父さん」瀬田洋子が険しい顔を夫に向けた。「身内の恥をよその人に言わんでもええでしょ。朱音さんに関係ないことですやん」

確かに。聞かされても困る話だ。

「そうかて、何で私らがここにおるんか、事情をやな――」

「ちょっと用事があったって言うたらええことでしょうが。それをいちいち、親戚で事業に失敗したのがおるやの何やのと」

「判った、判った、判ったて」父親は顔をしかめてから、朱音に笑顔を向けた。「そうでっか、ここでパートの仕事を。いやいや、元気に働いておられるのは、ええこっちゃ」

瀬田洋子がまた「勝裕さん、奥さんにパートしてもらわなあかんほど、給料安いんやろか」と嫌味をはさむ。

「そらお前、家のローンとか、いろいろあるやろし、奥さんが働いて家計を助けてはるんやから、ええことやないか」

「でも、その分だけ、裕也君を一人ぼっちにしてることになるやんか」

「仕事は夕方までですから」と朱音は答える。「裕也さんが一人で留守番する時間は、少しだけです」

「土日はどやのん」

「土日のどっちかは休みをもらってますから」

「どっちか一日は裕也君、一人ぼっちやんか」

「やめんかい」と父親が制した。「ごめんね、朱音さん。こいつ、こういう、きついとこがあってねえ」

「裕也君、去年はクラスでいじめられて、おなかが痛なったり、不登校になったりした時期があるんでしょ。心配やわ。お母さんがパート優先で、子どもに目配りせえへんから、そうなるんと違うの？」

「おい、ええ加減にせえ」父親が強めの口調になった。「朱音さんはちゃんとやってはるがな。家族のことに口出しすな」

「私にとって裕也君は初孫や。口ぐらい出して何が悪いのん」

「出すのはかまへんけど、言い方があるやろ、言い方が」

「あんたかて心配してたやんか。新しい学年では大丈夫なんやろかって」

「今ここでそんな話をすな」

おいおい、夫婦ゲンカか、初対面の相手の前で。朱音は、暇《いとま》を告げる口実を頭の中で探し始めた。

「朱音さんは頑張ってはるがな」と父親が続ける。「裕也君、最近体格がよくなってきたのも、朱音さんが一緒にトレーニングしてるからなんやろ」

顔を向けられて「ええ、まあ」とうなずいた。

「身体を鍛えたら、いじめも跳ね返せるようになる。ええこっちゃ」

「そやろか」瀬田洋子が口の端をゆがめた。「美也やったら、暴力なんかやなくて、もっと別の方法を裕也君に教えてたはずやわ」

「身体鍛えることは別に暴力にはならへんやないか。お前の言うてることはずれとる」

「何がずれてんのよ」

「すぐに拡大解釈みたいなことをして、相手の気分を害するようなもの言いをしとるやないか。それを言うとんのんじゃ」

「あんたみたいに裏表のある人間にはなれませんよってに」

「こら、俺のどこが――」

「あの」と朱音は大きめの声で二人の口ゲンカを遮った。「五月の第三日曜日に、フリー参観日というのがあるんです。保護者や祖父母が一時間目から四時間目までの間、いつでも自由に参観できるんですよ。その日の四時間目、国語のときに裕也さん、クラスを代表して、自分で調べたことを発表することになってます。よかったら、見にいらっしゃいませんか」

初老の夫婦二人が、ぽかんとなってから、顔を見合わせた。

9

その日の夕方、テレビをつけながら夕食の準備をしているときに、興味を引く事件の報道があった。ノートパソコンを立ち上げて、ネットのニュースを検索してみると、すぐに詳細を伝える記事が見つかった。

〔金属バットで犬を殴打した男を逮捕「うるさい」と〕
岸和田《きしわだ》署は二十六日、近所の家で飼われている犬がうるさいと腹を立て、金属バットで何度も殴って大怪我をさせたとして、砂野謙一《さのけんいち》容疑者（三十五歳　アルバイト）を住居侵入と器物損壊の疑いで逮捕した。被害に遭ったのは雑種の大型犬で、昼過ぎに物音に気づいた飼い主の女性が外に出たところ、敷地内に侵入した砂野容疑者が犬小屋につないでいた犬を金属バットで殴っているのを目撃。女性の悲鳴を聞いて砂野容疑者はすぐさま立ち去ったが、その後、逮捕された。

大怪我をした大型の雑種犬「ペコ」は、十歳のオスで、治療を受けているが、脳挫《のうざ》傷《しょう》と診断されており、身体が痙攣《けいれん》して起き上がれない状態。近所の人は「よその犬が通ると吼えることがあるが、そんなにうるさいとは思わなかった。あんなひどいことをするなんて信じられない」と話している。砂野容疑者は「犬がうるさいので頭にきた」と容疑を認めている。

数日前には何者かによって串が仕込まれたソーセージが飼い主宅の敷地内に投げ込まれており、警察は詳しい経緯を調べている。

そのネット記事の下の方に、犬つながりということなのか、ペット葬儀社の広告があった。クリックしてみると「犬は大切な家族。だからこそ、ちゃんと見送ってあげたい。」というコピーや、ペットのサイズに応じた棺《ひつぎ》や墓の料金表の他、亡くなったペットのアルバムやブロンズ像を作ります、といった案内があった。

これはいい。使える。

朱音はノートパソコンをプリンターに接続して、ニュースの記事とペット葬儀社のホームページをそれぞれA4のコピー用紙にプリントアウトした。

これは、南郷への強烈な警告になるはずだ。この事件で被害に遭った犬はドーベルマンではないが、串を仕込んだソーセージだとか、大型犬であること、名前がペロに似ていること、飼い主が女性であることなど、たまたまにしては上出来なぐらいに仕上がっている。

この記事を読んだ南郷は、愛するペロが、今度こそ串入りソーセージを食べさせられるのではないか、あるいは金属バットで殴り殺されるのではないか、と想像しないわけにはいかない。とても冷静ではいられないはずだ。

もちろん、実際にそんなことをする気はない。あくまで、プレッシャーをかけて、下手に手出しができないように牽制《けんせい》するためだ。あいつの最大のウィークポイントは、間違いなくあの馬鹿犬である。

それにしても、犬をバットで殴って大怪我をさせても、ただの器物損壊罪にしかならないとは。ということは、殺したとしてもやはり器物損壊罪なのだろうか。

しかし、動物愛護法という法律があったのではなかったか。朱音はついでに、動物愛護法についても検索してみた。

ざっと調べた結果、動物愛護法は、飼い主やペット業者などの義務や責任について定めた法律であり、今回の犬殴打事件のようなケースは該当せず、刑法の器物損壊罪が適用される、ということらしかった。

犬を殺しても、他人の家の植木鉢を割ったのと同じく、器物損壊罪。ペットを飼っていない身ではあるが、何だか不条理な気がした。

朱音はプリントアウトしたニュースの、〔器物損壊〕〔大型犬〕〔ペコ〕〔脳挫傷〕という語句の部分だけ、蛍光ペンを引いた。お前の犬を殺しても、器物損壊罪にしかならへんのやぞー、というメッセージである。

すぐさま自転車にまたがり、南郷宅へ。マークⅡがないところを見ると、出かけているらしい。右手の植え込みの方に聞き耳を立てたが、ドーベルマンは居眠りでもしているのか、気配はなかった。

朱音は重ねて二つ折りにした二枚の紙を、郵便受けに投函《とうかん》した。金属の内ぶたの音が妙に大きく響いた。

深夜、朱音は毛布をはねのけて身体を起こした。

何かが起きた気がした。物音だったのか、衝撃だったのか、とにかく何かがあったことは間違いない。眠気がさーっと引いて、頭が覚醒してゆく。

部屋の明かりをつけないで、寝室の窓を開けた。だが、玄関付近にも芝生スペースにもカーポートにも、人影はなかった。

急いで部屋を出て、勝裕の書斎に入った。こちらは寝室とは反対の方角に窓がある。

その窓を開けると、裏の畑の中を走り去る、黒っぽい服の人影が確認できた。暗かったが、見るからに、あいつの体格だった。

「南郷っ」

叫ぶと、畑から道路に上がったその相手は、一度振り返った。

やはり南郷だった。表情までは判らないが、間違いない。

南郷はすぐさま、左に走って見えなくなった。もちろん、あいつの自宅がある方角である。

何をしやがった。

朱音は階段を下りて、ダイニングキッチンに入り、明かりをつけた。

勝手口のすりガラス戸に大きなひびが入っており、細かいガラスが少し、床に落ちていた。そのガラス片を踏まないよう、スリッパをはいて勝手口ドアを解錠した。

ドアを開けたとき、またガラス片が少し落ちた。

外にレンガが落ちていた。

監視カメラに映らないよう、裏側から攻撃してきた、ということらしい。

朱音は「くそっ」と吐き捨て、流し台の下の戸を開いた。

包丁が並んでかかっている。が、さすがにこんなものを使うのはまずい。殺人未遂の容疑で逮捕されるおそれがある。

ずっと使わないで放置していた、長めの麺棒が目につき、それを引っ張り出した。

握った感触も、重さもちょうど扱いやすそうだ。

尿意を催して、一度トイレに入った。用を足しながら、「このままでは済まさんからな」とうめくようにつぶやいた。

催眠剤を仕込んだソーセージも一つ用意し、ラップにくるんでスウェットのポケットに突っ込んだ。ドーベルマンをけしかけられたら、再びこいつの出番だ。串入りだと告げれば、南郷はその可能性を捨てることができない。

スウェットの上下姿のまま玄関でスニーカーをはいた。靴箱の上にある時計を見て、午前二時前だと知った。

出かけようとしたが、ふと気づいて、靴箱の下のスペースに突っ込んである自動車用品などの中から、四角いエンジンオイルの缶を引っ張り出した。勝裕が以前、スクーターにときどき乗っていた頃のもので、一リットル入りの缶の中身は、持った感触からすると、まだ半分ぐらい残っているようだった。

その缶と麺棒を抱えるようにして持ち、歩いて南郷宅に向かった。自転車はかえって対決の邪魔である。

歩きながら「くそババア、いてもうたる」と吐き捨てた。

南郷宅は、明かりが灯《とも》っておらず、何ごともなかったかのように静かだった。だが、南郷が家の中で息を詰めていることは間違いない。

やられたらやり返す。身を守るためには、やらなければならない。

朱音はまず、麺棒をスウェットのパンツの後ろ側、腰の部分に差し込んで、門扉に至る三段の階段にエンジンオイルをまいた。

南郷が玄関からではなく、勝手口から出て来て、マークⅡと家の隙間を通る可能性もあったので、マークⅡの右前方にもまいておいた。それで缶の中身は、ほぼなくなった。

エンジンオイルは、コンクリートやタイルの上にまくと、かなり滑る。以前、これが南海市内の国道上にまかれていて、暴走族のメンバー数人が転倒して大怪我をしたというニュースがあった。暴走族の騒音に腹を立てた何者かがやったらしい、とのことだったが、その後、犯人が逮捕されたという報道は聞いていない。

オイルの缶を門柱の前に置き、続いて、門柱の上にある、炊飯器サイズのアロエの鉢を一つ下ろした。ずっしりとくる重さ。朱音はそれを両手で抱えてマークⅡに近づき、持ち上げて、ボンネットに向けて叩きつけた。

鈍い音が響き、アロエの鉢は左方向に落ちて、コンクリート上で割れた。マークⅡのボンネットには見事なへこみができた。

数歩下がって待っていると、人の気配が玄関ドアの向こうであり、玄関ポーチに明かりが灯った。

だが南郷は姿を現さない。

しばらく経って、家の裏側で物音がしたようだった。

空を見上げると、雲が月を隠そうとしているところだった。

南郷が姿を現したのは、勝手口の方からだった。黒いセーターに黒いパンツにパンプス。髪はまとめておらず、スフィンクスみたいになっていた。そして南郷の手には、ゴルフのアイアンらしきものが握られていた。

その南郷がゆっくりと近づいて来て、マークⅡの横まで来た。ボンネットを見てから「何してくれとんのじゃ、おのれは」と低い声で言った。

「見てのとおりやがな」朱音はまだ麺棒を後ろに差し込んだままにして答えた。「さっきレンガを投げてもろた礼や」

「たいがいにせえよ。しまいにキレるぞ」

「おー、怖い、怖い。さすが人殺しやな」

「くうぅぅぅ、おんどれぇぇ……」

「ごちゃごちゃ言うてんと、かかって来いや、人殺し。決着つけたる」

「………」南郷の顔の片側が、痙攣しているようだった。

「ほれ、はよ来んかい。それとも口だけか。ほんまにやる度胸ないんか」

「ううぅっ……」

「馬鹿犬はどないした。連れて来いや。ほれ、ほれ」朱音はポケットからラップにくるんだソーセージを出して見せた。「ペロちゃんの大好物、食わしたるわ」

「うぐぐぅぅぅ……」

南郷は、顔の半分を痙攣させたまま、特殊メイクの狼男《おおかみおとこ》みたいな形相になった。

これはいよいよ対決だ、と直感した。

「はよ来い言うてるやろ、ヘタレ。そっちはアイアン持ってるやんけ。素手の相手が怖いんかい」

それを言い終わらないうちに、南郷はアイアンを振り上げて突進して来た。朱音は右手を後ろに回して麺棒をつかみながら、一歩下がった。

朱音のすぐ手前で、南郷が見事に足を滑らせて、仰向《あおむ》けに転倒した。ごつんと後頭部がコンクリートにぶつかる嫌な音が響き、南郷は手からアイアンを放した。そのまま「くぅ」とうめいて、両手で頭を抱え、横向きになった。

一瞬、しゃれにならないダメージでは、と不安にかられたが、南郷がうめきながらも再びアイアンをつかみ、よろよろと立ち上がったので、ほっと胸をなで下ろした。

そうそう、そうこなくっちゃ。

南郷が幽霊みたいに背中を丸めて、足もとをふらつかせながら、ねめつけた。

「……ほんまに殺す」

「やってみろや」朱音は右手の麺棒をやや後方に構えた。「ご近所さんが気づく前に、とっととやろうや」

南郷が距離を詰めて、アイアンを上段から振り下ろした。後退してよけたときに、ひゅんという風を切る音が聞こえた。

続いて横に払う形でアイアンが襲ってきた。それも後退してかわしたものの、さらに連続攻撃を受けて向かいの民家の植え込みに背中が当たり、逃げるスペースを失った。

しまった、と思った次の瞬間、南郷が再び横スウィング。朱音はとっさに、距離を詰めてそれを左腕でブロックしながら、右手の麺棒で南郷の前頭部を叩いた。左腕に痛みが走ると同時に、コンと乾いた音が響いて、南郷がよろめいた。

横に動いて再び距離を取り、左腕を曲げ伸ばししてみた。距離を詰めたお陰でアイアンの真ん中辺りが当たっただけで助かった。行動を起こさないで先端部分をもらっていたら、骨折したかもしれない。

南郷が片手をひたいにやって苦悶《くもん》の表情を浮かべながらも、もう片方の手でアイアンを構え直した。

よし、一気に勝負をかけてやる。

そう判断して朱音が距離を詰めようとしたときに、どこか近くで、派手な物音が響いた。

一瞬、何だ？　という感じで、互いに見合った。

水しぶきが上がったような音だった。

水路の方で何かがあったのか？

見回すと、付近の民家がいくつか、窓に明かりを灯していた。くそ。

「何かあったみたいや」朱音はそう言って、じりじりと尾花公園の方に後退した。

「今日はこれまでやな」

そのまままきびすを返して走った。尾花公園に入り、南側の出入り口から、水路沿いの歩道へと出る。

大きくカーブしている幅五メートルほどの水路の、左方向約二十メートル先に、車が落ちていた。ちょうど沈んでいる最中で、乏しい外灯の明かりの中、音を立てて車の周りから泡が立っている。車は大部分が既に沈んでいて、窓の上半分ぐらいと屋根だけが見えていた。

朱音がいる側は遊歩道で、車は通れないが、対岸は車道と遊歩道が並行しており、間にガードレールがなく、一・五メートルほどの高さの緩やかな雑草の傾斜があるだけ。ハンドル操作を誤って車道から斜面を滑り落ち、歩道も横断して、そのまま水路に飛び込んだ――ということのようだった。

後方から「待たんかい。何勝手に逃げとんのんじゃ」という声がしたので振り返ると、アイアンを持った南郷が近づいて来ていた。

「車が水路に落ちた。あんた、消防と警察に電話して」

南郷が棘《とげ》のある声で「ああ？」と返した。

「ごちゃごちゃ言うてる暇なんかないっ、すぐに家に戻って電話せえっ。私は中の人を助けに行く」

南郷が舌打ちした。

「知るか、そんなもん。偉そうに命令すな」

こいつ、こんなときに。

朱音は「電話せな殺すぞ」と言い置いて、車の方へと走った。

近づくと、窓が閉まっている車の運転席に男性らしい人影があった。脱出しようともがく気配は全くなく、助けを求める様子もない。男性はぐったりと、ハンドルに突っ伏すような姿勢でもたれかかっている。意識を失っているらしい。目をこらすと、シートベルトを着用していないようだった。

何で私がこんなことを——よぎる迷いを頭の隅に追いやり、麺棒を投げ捨てて、水路の縁に並んでいる平らな石の上にいったん座って、水の中に入った。水路のこの辺りは、両岸付近も真ん中と同じぐらいの水深がある。

幸い、肩から上が水面に出る高さで足がついたが、底に泥が堆積しているようで、くるぶし辺りまでめり込んで、動きにくい。しかも水が冷たくて、身体がぶるっと震えた。

何とか車までたどり着いたときは、窓の四分の三ぐらいのところまで水没していた。ドアの取っ手に指をかけると、ロックはかかっておらず、ちゃんと引く感触は得られた。

なのにドアが重くて動かない。

詳しいことは知らないが、水没した車は、水圧のせいでドアが開かない、ということを聞いたことがある。

朱音はドアと屋根をげんこつで叩いて「大丈夫ですかっ、おい、もしもしっ」と大声で呼びかけたが、運転席の男性は、突っ伏した姿勢のまま、かすかに頭を動かしただけだった。暗くてはっきりしないが、金髪の、やせた若者のようだった。

窓ガラスを割らなければ駄目だろうか。

だが、割る道具なんて、近くにない。

あ、麺棒――。

くそ、どこかに投げ捨ててしまった。探しに行っている時間は……判らない。どうすればいい？

朱音はもう一度、窓を叩いて「もしもしっ、もしもしっ」と呼びかけたが、やはり男性は反応してくれない。もう一度取っ手をつかんで引くが、やはりドアはぴくりともしない。

何度も取っ手を引っ張るうちに、右手の指が痛くなってきた。左手に替えて試みるが、やはり駄目だった。

あーあ、この人、助からんな。

そんな気分になりかけたが、後部ドアを左足で押しながら、踏ん張る形でもう一度引いてみようと思って、チャレンジしてみた。

やはりドアは動かず。身体が冷えて、力が入りにくくなってきた。

車の中の水かさが増してきていた。最初は見えなかったのだが、いつの間にか、運転席の男性の、わきの辺りまで水が満ちていた。

このままだと、男性は気絶したまま溺《おぼ》れ死ぬんじゃないか。自分の前でそれが起きているのに、何もできない。叫びたい衝動にかられた。

あ——。

水が入った、ということは、それだけ水圧の差がなくなったたっていうこと？

朱音は再び右手で取っ手をつかみ、左足で後部ドアを押しながら、「むうぅぅぅ」と声を上げて、全力でドアを引いた。

とうとう動いた。ドアがやっと少し開き、さらに水が入って、運転席の男性の顔の高さにまで達した。このままだと溺死《できし》させてしまう。朱音はドアを全開にし、男性の右腕を引っ張り、「起きてっ、死ぬでっ」と髪の毛をつかんで頭を持ち上げ、こちらを向かせて、ほおに張り手を食らわせたが、男性はぐったりしたままで、がくんと首を折って、水面に顔を沈めてしまった。

まずい。ほんまに死んでまう。

朱音は、男性の右腕を持ち上げて、朱音自身がいったん頭の先まで水の中に沈んでから、手探りでわきの下に頭を突っ込み、抱える姿勢になって水面に出た。生臭い水が少し口に入り、「おえっ」と吐きそうになった。

岸はすぐ目の前なのに、足が底にめり込むわ、ぐったりした男性が重いわで、なかなか進まない。

何でこんな目に遭わなあかんねん、くそ。

もう少し、というところまで来て、この男性を岸に上げる余力が残っているだろうか、と不安になってきた。自分一人だったら、何とか上がれるだろうけど……。

そのとき、歩道に黒い人影があることに気づいた。

南郷だった。暗かったが、前頭部にこぶらしき膨らみがあった。

「ちょっと、引っ張り上げて」

南郷は舌打ちしたが、岸に両ひざをついて、受け入れ体勢を見せた。

「どうやって上げるんや」と聞かれ、「そんなこと、自分で考えろや」と声を裏返らせる。

南郷は、男性の右手を取った。朱音は男性のわきから首を外し、背後に回って、ジャーマンスープレックスの要領で持ち上げて力を加える。

「早よ、引っ張り上げろやっ」

「うるさい、服が濡《ぬ》れるやんけっ」

「そんなこと言うてる場合か、どあほっ。両わきに腕を突っ込んで、引っ張り上げんかいっ」

南郷はもう一度舌打ちしてから、ひざ立ちからウンコ座りの姿勢に変わり、男性のわきに両腕を差し込んで、抱きかかえる姿勢で引き上げた。

二人がかりで、ようやく男性の上半身が上陸を果たし、朱音は男性の両ひざを抱えて、下半身も岸に上げた。

南郷が男性の身体を仰向けにして、「おい、生きてるかっ」とビンタした。そんな強く叩いたら、脳へのダメージで死んでまうがな。

「その人の呼吸と脈、確かめて」

「確かめんでも判る。息しとる」

「ほんまにか」

「うるさいな、しとる、っちゅうとるやろが」

何とか助けることができたらしい。

「ちょっと、私も引っ張り上げて」

朱音は左手を差し出したが、南郷はゆっくりと立ち上がった。

「甘えんな、ぼけ。自分で上がらんかい」

こいつ、ほんまに殺したろか。

余力を振り絞って岸に這《は》い上がった。水を吸ったスウェットのパンツが重くて腿《もも》までずり落ち、下着のパンツが丸出しになってしまった。上り切ってからスウェットをはき直し、しばらく両ひざをついて、荒い呼吸をしながら、後頭部からほおや鼻先をつたって石の上に落ちる水滴を見つめていた。

買ったばっかりのスニーカーがぐちょぐちょ。特売品だったが、そこそこの値段がしたやつだ。靴下も、おニューなのに。

スウェットのおなかの辺りを絞ると、水が流れ落ちた。ますます身体が冷えるのを感じて、全身ががたがた震え始めた。

朱音は南郷に「消防と警察に連絡したんか」と聞いた。

「偉そうな聞き方すんな」

偉そうにしとんのは、どっちじゃ。

「電話したんかい、してへんのんかい」

そう声を荒らげたとき、ウーウーというサイレン音が近づいてきた。

直後、歩道の両側から、懐中電灯の明かりが近づいて来た。「大丈夫ですか」という声。近所に住む誰からしい。

今頃かい。朱音はその場にあぐらをかいて、空を見上げた。

雲の隙間から、月が覗《のぞ》き見していた。

〔車が水路に転落、近所の女性二人が救助〕
二十九日午前二時頃、南海市尾花町の水路（幅約五メートル、水深約一・四メートル）に、乗用車が転落した。その音を聞きつけて様子を見に行った近所の女性二人が沈んでいる車を発見、一人が水路に飛び込んで車内の男性を助け出し、もう一人が消防と警察に連絡すると共に、男性を岸に上げるのを手伝った。車は水圧でドアがなかなか開かなかったが、何とかこじ開け、車が水没してしまう寸前に間一髪で救出することができた。
水路に入って救出したのは尾花町の真野朱音さん（三十五歳）、救助を手助けしたのは同じく尾花町の南郷不二美さん（五十九歳）。二人は深夜ウォーキング仲間で、近くの遊歩道を歩き始めようとしたときに大きな物音を聞いて現場に駆けつけ、水路に落ちた車を発見した。男性はぐったりしており、真野さんが窓を叩いても返事をしなかったため、ドアを開けようとしたものの水圧でなかなか開かない。しかし最後は足で踏ん張って渾身《こんしん》の力でこじ開けたという。現場の水路はほとんど流れがなく、深さも肩ぐらいまでだったが、「底が泥地のせいで、めりこんで上手く動くことができず、また水温も低くて、車から岸まで運んだだけで、へとへとになりました」と言う真野さんは「でも助けることができてよかった」と安堵《あんど》の表情。救助に協力した友人の南郷さんも「消防と警察に電話をかけるためにいったん帰宅したが、すぐに現場に戻った。二人がかりでないと男性を岸に上げることができなかった。役に立ててうれしい」と笑顔で語った。

なお、救助された男性は事故の直前、南部バイパスで飲酒運転の上に追突事故を起こして逃走した疑いがあり、警察が詳細を調べている。

翌日の午後、業者を呼んで、ひびが入った勝手口のすりガラス戸を交換した。予定外の出費に腹は立ったが、南郷が後頭部をコンクリートで打ち、前頭部も綿棒で叩かれてこぶができたこと、マークⅡのボンネットをへこませてやったことを思うと、まあいいだろう、と気持ちを静めることができた。アイアンで殴られた左腕は、痛みはするが、あざができただけで済み、日常生活に支障はない。

その日の夜に、ネットのニュースで騒動を知った勝裕から電話がかかってきて、「すごいね。君らしい行動で誇りに思うわ」とほめられたが、南郷不二美というのは誰なのか、なぜ深夜にウォーキングをしていたのか、など、夫であれば当然知りたがるであろうことを聞かれた。朱音は、南郷不二美はくらの庵に食べに来たことがきっかけで知り合いになったご近所さんで、午前中にときどき一緒にウォーキングをする仲になったのだが、南郷が最近、睡眠障害に悩まされるようになって昼夜逆転の生活になってしまったため、ときどき深夜のウォーキングにつき合っていた、一人暮らしの孤独な女性なので放っておけない、などと、あらかじめ考えておいた作り話でごまかした。

勝裕は「それはええことやけど、君の生活習慣が狂ったりせえへんように気ぃつけや。夜中は物騒やで」と、朱音を尊重しながらも心配を口にした。一方、裕也とは楽しくやっていて、予定どおり、明日の夕方に飛行機に乗せるから、とのことだった。その裕也は入浴中だというので、明日までよろしく、と頼んで電話を終わらせた。

その後の調べで、水路に転落した男は、やはり飲酒当て逃げ事故を起こしていたことが判明し、人命救助と犯人逮捕を同時に成し遂げた、ということで、朱音のもとにはワイドショー番組や週刊誌からの取材依頼が数件あり、まとめて現場でインタビューに答える羽目になった。ご丁寧にも、〔ウォーキング仲間〕の南郷も呼ばれてやって来た。一緒に深夜ウォーキングしていた、というのは、現場に駆けつけた警察関係者から事情を聞かれて、朱音がとっさに答えたもので、近くにいた南郷も、それを否定するような発言はしなかったため、それがそのままマスコミ発表されたのである。

転落事故の翌々日の薄曇りの午後三時頃、現場の遊歩道に、マスコミ関係者が十人ほど集まって、朱音と南郷が取り囲まれた。芸能人の囲み取材みたいだ。

カメラは三台。転落した車は、既に引き上げられて、見当たらなかった。

朱音は普段着に使っているグレーのパーカーにジーンズという格好で来たが、あまり顔を映されたくないので、ハット型のベージュの帽子を目深にかぶった。それに対して南郷は、フリルがいっぱいついたピンクのブラウスの上に、光沢がある青紫のスカートとジャケットという、奇抜な姿だった。しかも頭に幾重もの包帯を巻いていたため、異様さも加わっている。南郷がどんな格好をしようが勝手だが、こいつと友達だと世間に思われてしまうことが、ただただ無念だった。

南郷は、朱音と視線を合わせようとはしなかった。カメラの前で険しい表情を作ってしまわないように、ということだろう。

マスコミ関係者の間で、基本的に一緒に取材しよう、という取り決めができているらしく、三台のカメラの方を向いて、複数のマイクが突き出され、数人から順に質問を受ける形になった。

まず、見覚えのあるローカル局の若い女性アナウンサーが「最初に物音を聞いた、とのことですが、そのときはどの辺りにいらっしゃったのですか」と聞いた。

朱音よりも先に南郷が「向こうの公園の近くです」と、尾花公園がある方向を指した。「近くに私の家があって、いつも真野さんがそこまで来てくれて、公園からウォーキングをスタートさせてるんです」

そのせいで、カメラは南郷の方を向いた。

「では、ウォーキングをスタートした直後に大きな物音を聞いて、現場に駆けつけたと」

「はい」と南郷がうなずく。「水路に何か大きな物が落ちたような音だったので、何だろうと二人で少し言い合って、その方角に早足で向かったんです。そしたら車が落ちてたので、びっくりしました」

「水路に入って男性を助け出したのは真野さん、なんですよね」

カメラが朱音の方に向く。

「真野さんの方が若くて体力があるから、少し早く現場に着いたんです」と南郷が口をはさんだ。「そしたら真野さんが、私が水に入って中の人が助け出すから、すぐ家に戻って消防と警察に電話してって。それで私が電話を済ませて戻って来たら、男性を抱えた真野さんがあっぷあっぷしてる感じっていうか、岸に上げることができないでいたので、私が引き上げたんです。すぐに人工呼吸をしようとしたけれど、幸い、男性はちゃんと呼吸をしてたので、ほっとしました」

うそをつけ、こら。電話をしろと言うても文句たれて、男性を岸に上げるのも嫌がっとったやないか。

朱音は冷たい視線を送ったが、南郷はカメラに作り笑顔を向けているので気づく様子がない。こいつの笑顔を初めて見た。作りものの笑顔ではあるが。

同じ女性アナウンサーが「南郷さんは頭に怪我をされているようですが、それは事故に遭遇されたことと関係があるんでしょうか」と尋ねた。

南郷は、少し迷うような間《ま》を取ってから「いいえ、これは関係ありません」と頭を横に振った。「自宅で転んで怪我をしただけです」

朱音は少しほっとした。

別の中年男性レポーターが、「真野さんが水路に飛び込んで、沈んでゆく車から男性を救出されたときの様子をお話ししていただけますか」と南郷のおしゃべりを制する形で朱音にマイクを向けた。

「だいたいは新聞記事のとおりなんですけど」と朱音は口を開いた。「水深がそれほどでもないことは判っていたので、泳がなくても大丈夫だろうとは思ってましたが、水が冷たくて、底がぬかるんでいて足が沈んでしまうので、男性を運ぶのには苦労しました。あと、水圧のせいか、運転席のドアがなかなか開かなくて、焦りました」

「水が車内にある程度入ったことで、やっと開けられたんですよね」

「そういうことらしいです。男性がドアをロックしてなくて、シートベルトをしてなかったことが、結果的に救出しやすくなって、幸いでした」

「その男性ですけど、飲酒運転で酩酊《めいてい》していて、追突事故を起こして現場から逃走した直後だったそうですが、それを聞いて、どうお感じになりました」

「どうと言われても……」

「たとえ最初にそのことが判っていたとしても」と南郷がまた割り込んできてカメラの向きを変えさせた。「私たちは、やっぱり同じ行動を取ったと思います。飲酒当て逃げ事故という行為は許されませんが、それはそれ、これはこれです。相手が善人かどうかに関係なく、危険にさらされている人を見かけたら助けてあげる。それを行動で示すことができて、よかったと思います」

レポーターたちが、共感したかのようにうなずいた。

うそや、うそや。みなさん、こいつの言うてることは、うそ八百ですよ。

「ところで」と中年男性がさらに尋ねた。「深夜にお二人でウォーキングをされていたときに事故に遭遇した、とのことですが、普段からそんな時間帯にウォーキングをされていたんですか。理由は何なのでしょうか」

南郷が作り笑顔でうなずいてから、朱音に視線を向けた。

こいつ、どついたろか。返答しにくいところだけ押しつけやがって。

「以前は、午前中にウォーキングをしてたんですけど、南郷さんが睡眠障害に悩まされるようになって、朝に起きられへんようになったんです。でも、午後から夕方にかけては私もいろいろと用事があるものですから、どうしよう、となりまして、ときどき夜中のウォーキングを一緒にするようになったんです。ただ、深夜に女性二人で外を歩くというのはやはり物騒というか、よくありませんよって、警察の方からも言われましたので、今後は考え直そうと思います。ただ、そういう時間に二人でウォーキングをしたお陰で、人助けができたことは、よかったかな、と思ってます」

南郷は作り笑顔を維持していたが、全体に引きつっていた。

ざまあみろ。インタビューの締めくくりで、親切な主婦が近所のおばはんを気にかけてあげてる的な感じにしといたったぞ。

中年男性レポーターがさらに「お二人は以前から仲がよかったのですか」と聞いた。

「いえ、知り合ったのは割と最近なんです」と朱音が答えたところで南郷が「逢坂涼さんのファンつながりなんです」と遮《さえぎ》るように口をはさんだ。

「あのイケメン演歌歌手の？」

「はい。逢坂さんがコンサートの最後にいつも、みんな一人じゃないよ、助けて助けられて、みんなで幸せに、って言葉を投げかけるんですけど、それを何度も聞いて、頭に刷り込まれたんでしょうか、今回、水路に落ちた人を見て、自然と助ける行動が取れたのかもしれないねって、二人で話したんですよ」

インタビューはそこで終了となった。レポーターたちは、インタビューの様子をオンエアする前の説明場面をこれから撮るというので、まだ現場に残ったが、朱音たちは解放された。

帰宅するために十数メートル歩いたところで背後から南郷が「誰が睡眠障害じゃ、こら」と小声で言ってきた。

朱音は振り返らずに「お前こそ、人を勝手に逢坂涼のファンに仕立て上げやがって。誰があんなキモいオカマ歌手のファンになるかい。お前一人で追いかけてろ、あほ」と言い返した。

「何やと。殺すぞ、こら」

「やってみろ。頭の包帯はがして、傷口に塩塗ったるわ」

南郷が「うぐぐぅぅぅ」とうなったが、さすがに人の目があるからだろう、何もしてはこなかった。

その日の夕方、裕也を空港に迎えに行った。裕也は元気そうで、少し陽焼けしていた。それを見ただけで、父親と楽しい時間を過ごすことができたのだと判る。リュックを背負っている他、両手にお土産らしき紙袋を提げていた。

デミオを運転して帰る途中、裕也が「朱音さん、テレビ見たよ。すごいね」と言った。

「あれはまあ、何ていうか……たまたま人助けをしてしもただけやから」

「感謝状、もらうん？」

前日の午前中に、南海警察署から電話がかかってきて、打診があった。最初は遠慮する旨を伝えたが、「そうおっしゃらずに是非。南海市が全国的に知られる貴重な機会でもありますし、南海市民の誇りですから、どうかお願いします」などと説得されて、結局は受けることになった。日時はゴールデンウィークの最終日、午後二時。南海警察署一階の受付に来てください、とのことだった。

送迎がないのは別に構わないのだが、電話を切ってから、南郷と一緒にその感謝状とやらをもらうのだと気づき、急にもやもやした気分に囚《とら》われた。

裕也がまた何か言って我に返り、「え？」と聞き返した。

「南郷のおばちゃんと仲直りしてんね。すごいわ、朱音さん」

「………」

本当のことを話そうかどうか迷ったが、朱音は「まあ、ね」とあいまいにうなずいた。

「どうやって仲直りできたん？」

「それはやね……大ゲンカしたからやと思う」

「え？」

「大ゲンカすることで、だんだんと、相手のことが判ってきたからとちゃうかな。ケンカするほど仲がいいって、いうやろ」

「うん」

「お互い遠慮せんで、やり合ったからこそ、相手を認め合えるようになる、そういうこともあるんよ」

「上杉謙信と武田信玄みたいな？　信玄の軍勢が塩不足で困ってるって知って、謙信はたくさん塩を送ったんやろ」

「そんな大袈裟《おおげさ》なもんやないけど……」

「すごいなあ」裕也は二回うなずいてから「朱音さんはすごい」と、尊敬の眼差《まなざ》し的な視線を、助手席から向けた。

こそばい、というより、痛がゆい気分だった。

あのくそババアと仲直りすることなんか、あるかい。

全国ネットのワイドショー番組でインタビューが放映されたため、翌日の夜に奈良の実家に住むお母ちゃんから電話がかかってきた。案の定、人命救助をしたことよりも、「夜中にウォーキングやて？　何でそんなおかしなことしてんの、あんた」と問い質《ただ》された。朱音はインタビューで答えたとおり、睡眠障害に陥って昼夜逆転の生活になったウォーキング仲間につき合って、とあらためて説明したが、「そんなん、おかしいやろ」「おかしくてもほんまやねんから」「夜中にウォーキングとか危ないやんか」「安全な場所を選んでたがな」「テレビで見たけど、何かガラの悪そうなウォーキング仲間やな」「余計なお世話や」「とにかく夜中に出歩くのんとか、やめとき」「判ってるがな、警察の人からも言われたさかい、もうやめるて」「ほんまにやめときや」「そやからやめるて」などの押し問答になった。やっとその言い合いの泥沼から抜け出したところで、第三日曜日がフリー参観日で裕也がクラスを代表して発表するので見に来ないか、と言ってみたが、予想したとおり「ああ、その日は悪いけど用事があんねん。裕也さんには頑張るよう、伝えといて」との冷たい返答だった。

続けて、勝裕からもメールが届いた。母親である瀬田洋子から電話がかかってきて、テレビで朱音を見て、深夜にウォーキングをしていたそうだがどういうことだ、あんたは知っていたのか、やめるよう言いなさい、と言われ、勝裕は、朱音から聞いたとおりの説明をした上で、今後はもうやらないと本人も言っている、と答えておいたという。朱音は、心配かけてごめんね、ということと、連休最後の日に感謝状をもらいに行って来るよ、という返信をした。

10

ゴールデンウィーク最終日は、初夏を感じさせる天気だった。朱音は裕也に留守番を頼んで、かつて水産加工品会社で働いていたときにときどき着ていた、ダークグレーのパンツスーツ姿で自転車に乗り、南海警察署に出向いた。距離は四キロ程度である。

一階の受付で名前を言うと、ちゃんと判ってくれていたようで、女性警察官の案内で、同じ階の奥にある署長室に通された。

南郷はまだ来ていなかった。朱音は応接ソファに座るよう促されて、腰を下ろすとすぐに女性警察官がお茶を運んで来た。朱音は「どうもすみません」と会釈で応《こた》えた。

今日は署長が緊急の用事で不在だとのことで、ひたいが広くてやや強面《こわもて》、太り気味の副署長が、朱音の向かいに座った。

「南郷さんとご一緒やなかったんですか」

「ええ、私は自転車で来ました。多分、南郷さんは車で来ると思います」

「ご近所の仲よしだそうで」

「ええ……」

「うちの署員からも釘を刺させていただきましたが、深夜のウォーキングというのは、犯罪に巻き込まれる危険がありますので、どうか控えるようになさってくださいね。深夜ウォーキングをされていたお陰で人命救助ができたことも確かなので、ちょっと言いにくいことではあるんですが」

副署長はそう言って声を出して笑い、同室のパイプ椅子に座っていた部下と思われる二人の男たちも一緒に笑った。笑いどころがよく判らなかったが、朱音も作り笑顔で「南郷さんとも話して、深夜はやめることにしました」と答えた。

さらに、家族や周囲の反応や、救出時の状況などについて聞かれ、当たり障りのない返答をしていると、ドアをノックして女性警察官が現れ、「南郷不二美さんがいらっしゃいました」と告げ、南郷が入って来た。

南郷はこの日も、ひたいに包帯を巻いていた。光沢がある白いジャケットに白いパンツ、リボンタイをしたブラウスという格好だった。カーネル・サンダースみたいな服装だと気づいたせいで、一瞬、噴き出しそうになった。

朱音の隣に座るよう促された南郷は、こちらを見ないで腰を下ろした。ソファ全体が、南郷の体重で少し沈んだ。

南郷は、運ばれてきたお茶を、何も言わずにすぐにすすった。

礼とか会釈とか、それぐらいのこともできんのか、お前は。

二人がそろったところで新聞記者や地元のテレビ局らしい、カメラなどを持った人たちも入室して来た。

「いやいや、このたびは本当に勇気のある行動に感謝します」と副署長が言った。

「お二人が気づかなかったら、運転していた男は助かってなかったと思います」

南郷が「いえいえ、人としてやるべきことをやっただけですから」と答えた。

「既にご存じだと思いますが、その男、直前に飲酒運転の上に追突事故を起こして現場から逃走しとったんです。取り調べや裏付け捜査によって、居酒屋で少なくともビール三本、焼酎のロック三杯を飲んだようです。最初は、覚えてない、などととぼけたことをぬかしとりましたが、今では容疑を認めて、留置所の中でしょんぼりしとりますよ」

「追突された方に怪我は？」と朱音が尋ねると、副署長は片手を振った。

「後ろがへこんだだけで、怪我はありません。不幸中の幸いでした」

感謝状の授与はその場で行われた。副署長が、額に入った感謝状の文言を読み上げ、朱音と南郷が順にそれを受け取った。続いて、南海署が独自に作ったというマスコットキャラクター、ナンちゃんという手のひらサイズのぬいぐるみを二つ、ナンちゃんのメダル型キーホルダー一つ、ナンちゃんのステッカーも数枚受け取った。ナンちゃんは制服警官らしき服装に、なぜか三角おにぎりみたいな輪郭の顔で、ところどころに焦げ目のような茶色のしみがついていた。最初は、？？？だったが、カレーと一緒に食べるナンと南海のだじゃれらしいと気づき、失笑しそうになった。

南海市とナンにナンの関係があるんや。あ、でも南海市は小麦の生産量が、そこそこ多いのか。

記者からの要請で、その感謝状を並んで胸の前で持ち、テレビカメラや写真撮影のため、しばらくの間、作り笑顔をキープする羽目になった。

こいつとのツーショットが新聞に載ったりローカルニュースで流されたりするのかと思うと、「違う、違うんです、こいつはほんまはとんでもないモンスターばばあなんです」と大声で触れて回りたい気分に囚われる。

続いて、記者の何人かから、あらためて救出時の状況について聞かれ、またもや南郷が勝手にぺらぺらしゃべり始めた。いつの間にか、南郷が先に物音に気づいて、迅速に消防と警察に連絡したお陰で人命救助ができた、みたいな感じにされていた。

感謝状の授与は予想外に早く終わり、朱音らは署長室を出た。額入りの感謝状やナンちゃんグッズは、持参したエコバッグに入れた。

お前なんかと一緒に出る気はない、ということなのか、南郷は女性警官に「トイレ使わせてもろてええですか」と尋ね、廊下の途中で別れることになった。

署の建物を出て、左隅の駐輪スペースに停めておいた自転車のロックを解除したときに、タイヤの空気がなくなっていることに気づいた。触ってみると、前輪も後輪もぺちゃんこだった。よく見ると、空気を入れるところのネジがどちらも外されて、近くに転がっていた。

後輪の泥よけカバーには、〔真野〕という名前シールが貼ってある。そうでなくても南郷は、この自転車を見たことがあり、特定することは難しくなかっただろう。何しろ緑色のフレームは珍しい。

あのくそババア、形だけでも友達ということになったのに、まだやりやがるか。

しかも、警察署の敷地内で何ちゅうことさらすねん。

下がっていた怒りのメーターが急速に上昇した。

朱音は駐車場内を見渡し、見覚えがあるマークⅡを、駐輪場とは反対側のスペースに見つけた。手のひらサイズのナンちゃんのぬいぐるみを持ってマークⅡに近づく。

ナンバーまでは覚えていないが、ボンネットのへこみと傷は、間違いなくあのときに、アロエの鉢を投げつけて作ってやったものだ。

朱音はマークⅡの後ろに回り込んでしゃがみ、マフラーにナンちゃんのぬいぐるみを足から突っ込んだ。頭の部分が引っかかったが、力を入れて押し込むと、ナンちゃんは悲しげな顔になってパイプの中に埋まった。

ナンちゃん一つだけでは、排気力に負けて吹き飛ばされるのでは、と思い、さらにもう一つのナンちゃんも、指に力を込めて、ぐいぐい押し込んだ。さすがに二つ目は力が要《い》り、両手の親指を使って、何度も強く押し込まなければならなかった。

痛くなった親指をさすりながら駐輪スペースに戻ると、直後に南郷が外に出て来た。

こちらを見て、口もとをゆがめて、一瞬だけ中指を立てて見せた。ざまあみろ、でも証拠はないでー、あほー、そんなところか。リモコンキーに反応してライトを二度点滅させながらキュッキュッと鳴いたマークⅡまでもが、持ち主と一緒になって人を小馬鹿にしているように思えた。

運転席のドアを閉めた南郷がエンジンをかけた。かかりはしたが、すぐに変な音に変わり、エンジン音のテンポが落ちた。

ボン、という爆発するような音と共に、ボンネットの周囲から煙が上がり、それからマークⅡは失神したかのように、シューという音と共に、振動をやめた。

警察署のあちこちの窓に、人の顔が出始めた。まずい。朱音は建物の側面の方に移動した。こちら側は、外壁と植え込みによって、署の窓から見られにくい。

マークⅡのドアが開いた。南郷の、般若《はんにゃ》のような形相。

その南郷が、走って、こちらに向かって来る。うわ、こわぁ。

朱音は警察署の側面に入った。

南郷の足音が近づいて来る。

角を回って姿を見せたところを待ち構えて、朱音は南郷の腹をめがけて前蹴りを放った。

だが、南郷の腕にブロックされ、予想以上の突進力に、逆に飛ばされる形で尻餅《しりもち》をついた。

南郷が「うらあぁぁっ」と叫んで上から顔を踏みつけてきたのをぎりぎりでかわし、軸足のすねを蹴りつける。南郷がよろめいている間に起き上がり、両手のひらを相手に見せる形で斜めに構える。

南郷が太い腕を振り回すようにして張り手を繰り出してきた。それに合わせてカウンターのひざ蹴りを腹にお見舞いするが、当たり方が浅く、髪の毛をつかまれた。

強烈に引っ張られ、頭の皮がはがれるのではないかという激痛にうめいた。

だが、南郷の足の甲を踏みつけることに成功。髪の毛をつかんでいた手が離れた。

再び張り手が飛んできて、かわすのが遅れて、鼻にもらった。痛みよりも、熱いと感じた後、鼻血が流れ出てきた。

さらに張り手。朱音はひざを曲げてそれをかわし、一度組みついてから、下から突き上げるようにして頭突きを放った。あごに命中。南郷がよろけた。だが朱音の方も衝突した頭頂部が痛くて、両手で押さえ、すぐに追い打ちをかけることができなかった。

南郷が今度はパンチを繰り出してきた。素人の打ち方だったが威力があり、ブロックした左前腕がしびれた。

組みついて、小外刈りの要領で倒そうとしたが、体重差のせいでうまくいかず、逆に浴びせ倒される形で尻餅をついた。

南郷が覆い被さるようになって殴ってきたのをぎりぎりでかわした。拳がアスファルトに衝突し、南郷が「うわあぁぁっ」と叫んだ。

馬乗りになられてしまう前に、両脚で南郷の胴体をはさんだ。護身術教室で何度もやった、ガードポジションの体勢。暴漢に襲われて組み倒されたときは、必ずこの体勢になるように、と繰り返し教わったので、身体が自然と反応したようである。この体勢は、下になっても不利にはならない。相手が殴ろうとしても、顔には届きにくいし、逆に下から腕十字や三角絞めを仕掛けることができる。

南郷が、次々と張り手を出してきたが、顔に届かないと判ると、今度は胴体をはさんでいる朱音の両腿にひじを打ちを下ろしてきた。三発、四発ともらううちに、腿の痛みがひどくなってきた。

朱音は十代のときに護身術教室で練習した要領を頭の中で反すうしてから、行動に移した。まず、上体を浮かせて南郷の右手首を両手で捕まえ、同時に右足をすばやく外して南郷の首にかける。そして南郷の背中で両脚をクロスさせた。

たすきがけの形で両脚で相手を捕まえることに成功。朱音はそのまま絞め上げながら、南郷の右腕を引いて伸ばした。腕十字でひじ関節をぶっ壊してやる。

だが南郷は右腕が伸ばされるのを防ごうと、左手で右手首をつかみ、クラッチした。力ずくでそのクラッチを外そうと引っ張るが、南郷は必死の形相で耐えている。

朱音は腕十字よりも、三角絞め狙いに切り替えた。両脚の位置を微調整して、両腿に渾身の力を込めて絞め上げる。この技は、頸動脈《けいどうみゃく》を圧迫して脳への酸素供給を絶ち、失神させることができる。柔道などで、落ちた、と呼ばれる状態だ。

数人の署員たちの姿が目の端に見えた。「こらっ、やめなさい」「何をしてるっ」などと叫んで、走って来る。

そのとき、南郷の紅潮していた顔から急に血の気が失《う》せ、白目をむいた。身体から力が抜け、ぐにゃっとなった。

よっしゃ、仕留めた――という感触を得た次の瞬間、複数の署員たちから引きずり

放され、うつ伏せにされて押さえつけられた。

保健室みたいな部屋で女性警察官から、アルコールをしみ込ませた脱脂綿で鼻血を

拭かれたり、怪我をしてないかどうか聞かれたりした後、連れて行かれたのは、署長

室でもなく、署員たちがいる事務フロアでもなく、一階にある取調室だった。

「ちょっと、ここって取調室やないですか」

入る前に立ち止まって朱音は抗議した。短髪でベース型の顔をした大柄な中年の刑

事は「犯罪行為の疑いで事情を聞くんです。文句を言わないで入りなさい」とあごを

しゃくった。後ろにはもう一人、若い刑事と、大柄な制服女性警官がいる。

三人がかりで女一人を取り調べようってかい。こういうの、不当な圧力ちゃうんか

い。

「私は正当防衛でしょうが。こんなところで取り調べを受ける筋合いはありません。

南郷不二美の方が入るべきところやないですか」

「その人やったら、この後、別の取調室に入ってもらいますから」

引き離された後、南郷の姿は見ていないが、失神したので、今はまだ、どこかで休

ませているのだろう。

朱音は小さくため息をついて、取調室に入った。刑事から小さな窓を背にした机の向こう側に座るよううながされ、向かいに刑事が着いた。若い刑事は入り口付近にある小さな机に、女性警官はその近くのパイプ椅子にそれぞれ座る。女性警官は、どこを見るでもなく、壁を見つめている。

「女性の警察官の人は何なんですか」

「取り調べを受ける相手が女性の場合、男性の刑事だけやと、圧迫感を受けたとか、身体に触られたとか言われることがあるので」

何か、余計に圧迫感を受けるんですけど。この女性警察官、顔も身体もでかいし、一点を見つめてて何か不気味やし。この部屋にいる四人の中で、一番強いんちゃうか。

「では、さきほどのことについて、事情をお尋ねします。あくまで任意での取り調べですが、ご協力いただけない場合は、傷害罪の現行犯で逮捕、拘束することも考えなければなりません。我々としてはできれば感謝状を贈った方をそういう扱いにしたくないんです。そこのところ、くみ取っていただき、質問に正直にお答えいただきたい」

恩着せがましい言い方。朱音は「はい、はい」とうなずいてから心の中で、はい、は一回、とつけ加えた。

「南郷さんの車の排気パイプにものを詰めて故障させたのは、あなたですか」

「はい、そうですけど」

「なぜそんなことをしたんですか」

「もともとあの人とは不仲でした。たまたま、何の巡り合わせか、一緒に人命救助をすることになってしまいましたけど、ほんまは互いに大嫌いなんです」

刑事があきれたような顔で朱音を見返した。

「嫌いやから、やったんですか」

「違います。私が乗って来た自転車を見てもろたら判りますけど、タイヤの空気を二つとも抜かれてました。あいつがやったんです。そのお返しとして、排気パイプにナンちゃん人形を詰めたったんです」

「そしたら南郷さんは？　何かしてきたんですか」

なんであのくそババアをさんづけで呼ぶねん。頭にくる。

「窓から見てなかったんですか。あいつ、私の方に突進して来て、張り手だのパンチだので一方的に暴力を振るってきたんです。私のこれ、見てください」朱音は、鼻血がついたジャケットのえりやブラウスをつまんで見せた。「私、脳震盪《のうしんとう》で倒れそうになったんですよ。あいつ、いかれてるんですよ。抵抗せえへんかったら、殺されてましたよ。あいつを殺人未遂で逮捕してください」

「殺人未遂の疑いは、あなたの方ですよ」刑事が険しい顔になった。「南郷さんが失神するまで首を絞めたということは、このまま死なせても構わないという気持ちがあったんと違うんですか」

「あほなこと言わんといてください。そんな愚かなこと、誰がしますか。夫も息子もおるのに。あいつが先に暴力振るってきたさかい、身を守るために三角絞めで応戦した結果、絞め落としただけでしょうが。私はすぐにやめて活を入れるつもりやったのに、刑事さんたちが寄ってたかって私を引き離したんでしょうが。刑事さんたちかて、柔道の練習で絞め落としたり絞め落とされたりした経験ぐらいあるんと違うんですか。そういうときにいちいち殺人未遂やちゅうて騒ぐんですか」

刑事が顔をしかめて指先でこめかみをかいた。やりにくい女だなあ、という困惑だろうか。

「我々は別に、ほんまに殺人未遂で立件するつもりはありませんよ。ただ、失神するまで頸動脈を圧迫するというのは、死と隣り合わせの危険な行為であり、あなたはそれをやった、ということはしっかり認識してもらいたい。警察として、見過ごすわけにはいかんのです」

「そやから、落ちたらすぐにやめるつもりやったと言うてるでしょう」

「格闘技の経験があるんですか」

「十代のときに護身術教室に通ってました。痴漢の被害に遭ったことがきっかけです。

警察はいちいち、人通りが少ない場所を通る女性を守ってくれませんから。実際、警察に被害届を出したけど、犯人を捕まえてはもらえませんでした」

刑事は顔をしかめて、小さく頭を横に振った。

「あのね、真野さん。車から派手な音がして煙が出た直後、署にいた新聞記者とかテレビ局の関係者も、異変に気づいて、何ごとやと、見に行こうとしたんですよ。それを我々がとっさに、危険やから窓に近づかないで、下がって、と制したせいで、あんたたちの醜態を見られずに済んだんです。車もただの整備不良によるものだという説明をしてあります。もしほんまのことを知られたら、おたくら二人とも、派手に報道されて、街を歩けんようになるところやったんやで。判ってんのんか」

刑事の口調が途中から変わり、顔にも赤みがさしていた。

南海警察署かて、感謝状を贈った相手が直後に乱闘騒ぎを起こした、なんてことが知られたら、メンツ丸つぶれやろが。公にしたないのは、あんたらの方ちゃうんか。

しかし、確かにマスコミ沙汰にならなかったことは感謝すべきだと思ったので「それは確かにそうやと思います。ご迷惑をかけて、すみません」と頭を下げた。

事情聴取は、さきほどの乱闘についての繰り返しの質問などが一時間ほど続いたが、ドアがノックされて顔を出した署員から何かを耳打ちされた刑事がうなずいて、「もうこれでお帰りいただいて結構です」と朱音に言った。

「南郷は？　逮捕するんですか」

「しませんよ」

「何でですか。あいつが先に手を――」

「向こうがマークⅡの件を刑事告発しないと言うたから、あんたは帰れるんや。刑事告発する意思があれば、あんた、器物損壊罪で逮捕やで」

「それはあいつが先に私の自転車に悪さをしたから、刑事告発なんかしたら自分もされるって判ってるからでしょうが。あいつが先に暴力を振るってきたことについては、どうなんですか」

「結果的にあんたが絞め落としたんでしょうが。過剰防衛やないか。それを不問に付して帰したるっちゅうとんのや、ごちゃごちゃ言わんで、はよ帰ってくれっ」

刑事が片手で机を叩いた。うわ、市民を威圧するやり方。

出入り口付近の机についていた若い刑事が、自転車用の空気入れを持って、警察署の外までついて来た。見送りというよりも、本当に帰るまで監視するためだろう。

付近に落ちたままになっていたはずのネジなどの部品は、署員の誰かが集めてくれたらしく、小さなポリ袋に入って、前かごの中、感謝状の額の隣にあった。そこまでやるんやったら、はめといてくれたらええのに。

空気を入れる作業は結構きつかった。普通に空気を入れるときは、減った分だけを補給すればいいが、完全に空気が抜けた状態から始めなければならないと、三倍以上の時間と労力がかかる。

空気を入れてる途中で、「なぜ互いに、そんなに嫌ってるんです」と若い刑事が聞いてきた。

「向こうが嫌ってるからです」

「嫌われるような何かがあったんでしょう」

「あのね、刑事さん」朱音は空気入れを中断して、腰を真っ直《ます》ぐにした。「ちょっと調べてもろたら判ると思いますけど、南郷っていうおばはんは、街の嫌われもんなんです。町内持ち回りの役員もやらんし、公園で遊んでる子どもにドーベルマンけしかけて脅すし、隣に住んでた家族はあいつに嫌がらせされて引っ越したんです。夫はもう死んだけど、ヤクザやったんですよ。そんな奴と私を、同じように扱わんといてください。不愉快です」

若い刑事は苦笑して顔を背けた。何やの、その態度は。

ようやく空気を入れ終わり、若い刑事に空気入れを返して礼を言うと、「今度ああいうことがあったら逮捕ですよ。警察をなめんといてくださいよ」と、さきほどの苦笑とは一転して冷たい表情で言われた。

そういう台詞は、こっちやのうて、南郷に言わんかい。

自転車にまたがる前に、マークⅡを見た。業者を呼んでレッカーで動かすのだろうなと思っていると、その南郷が一階出入り口から姿を見せた。右手に包帯を巻いているのは、アスファルトを殴ったからだろう。ひたいにも包帯。お前は、流血乱闘した女子プロレスラーかい。

若い刑事が気づいて、「ちょっと、判ってるでしょうね」と片手で制するようにした。

判っとるわい。ただし、向こうがおとなしく通り過ぎれば、の話だ。

南郷と目が合った。

だが南郷はすぐにそらした。横顔が引きつって、痙攣しているようだった。

ついにあいつの心を折った——直感した。

よっしゃ。朱音は小さくガッツポーズを作った。

帰宅すると、裕也は二階の部屋にいて、ドア越しに「おかえり」と言ってきたので、朱音は「はい、ただいま」と答えてすばやく寝室に入り、着替えを済ませた。鼻血がついたスーツとブラウスを紙袋に入れ、階段を下りると、裕也も部屋から出て来て、ダイニングにやって来た。

「あ」と裕也がテーブルの上の額入り感謝状を見つけた。

「それをもろただけやってんけど、帰り道に知り合いの人に会うて、ちょっとおしゃべりしてたら遅なってしもて……」

「朱音さん、鼻の周りが赤いみたいやけど、大丈夫？ 目も充血してるし」

「あ、ほんまに？」

洗面所に行って鏡を見ると、確かに裕也が言ったとおりだった。目が充血しているのは、南郷とやり合ったり刑事から取り調べを受けたりして、興奮状態になったせいだろう。

ダイニングに戻って「花粉症かなあ」とごまかしてから「フリー参観日の準備は順調？」と聞いてみると、裕也は「うん」と答えた。

「ちょっとクリーニング屋さんに行って来るわ。それと、晩ご飯、お弁当でもええ？」

「いいよ。疲れたん？」

「うん。感謝状もらうとか、慣れてないから、何か気疲れしたわ」

実際、南郷に勝ったという高揚感の後にやって来たのは、虚脱感だった。神経が予想以上に疲労していたらしい。

「そしたらトレーニングも休んだら？ 僕だけ一人でやっとこうか」

「そやね……そしたら今日は、そうさせてもらうわ」

自転車で近所のクリーニング店にスーツとブラウスを持って行った。顔なじみの五十代女性店員から「血ですか？　どうしたんですか？」と心配顔で聞かれ、勝手に鼻血が出てしまったと説明しておいた。

弁当屋に寄って、デラックス弁当を二つ買った。

帰ると、裕也が一人でトレーニングをしていた。最後のメニューであるジャンピングスクワットを終えた裕也は、ひたいに汗をにじませ、はあはあと荒い息をしながら「おかえり」と笑った。

「回数増えた？」

「今日は斜め懸垂が一回増えた」

「そう。感心やね」

現状維持しかできていない朱音と違って、裕也は毎日のように、どれかの種目で限界を伸ばしている。最近は顔つきも、より締まってきたようにも思える。

「朱音さん、明日でええんやけど」

「何？」

「ちょっとアームレスリングの相手をして欲しいねん」

「へえ、アームレスリング」

そういえば裕也は、ネットでアームレスリングのことを調べたり、トレーニング種目にダンベルカールを加えたりしている。

「よし、それだけやったら大丈夫やから、今からでもやろう」朱音は弁当のポリ袋をダイニングのテーブルに置いた。「どこでやろか」

「大丈夫？」

「全然。気疲れしたけど、体力は残ってるよ」

リビングの座卓を台にしてやることになった。

右手を握り合ったときに、力強いグリップを感じた。これは本気でやらなければ。

朱音の「レディー、ゴー」の合図と共に二の腕に力を入れた。

だが、ぴくりとも動かない。子どもだと思っていた裕也の腕は、頑丈な壁のように朱音の力を押し返していた。

次の瞬間、くいと手首を曲げられた。まずい、と思ったときは既に遅く、朱音の前腕は傾いていた。

そのとき、裕也の力が弱まった。

「遠慮したらあかん」と朱音は耐えながら、うめくように言った。「そこで遠慮したら勝てへんで。あんたの悪いとこや」

視線を合わせた。そのとき、無言の会話ができたと感じた。

裕也が「ん」とさらに力を込め、朱音は耐えきれなくなって、右手の甲が座卓に着いた。

「すごい、すごい」朱音は拍手した。「まだまだ私の方が強いと思ってたのに、いつの間にか急激に強なっててんな」

「朱音さんの言うとおりや」裕也がほおを紅潮させてうなずいた。「相手に遠慮したら絶対にあかんねんな」

「そのとおり。勝負事で遠慮するのは、相手にも失礼なことや。お互いに全力でやらんと、勝負したことにはなれへんのよ」

「うん、判った」

「クラスでもきっと、一番になれるんちゃうか、アームレスリングやったら」

「それは判らん。スポーツ万能で、僕より身体が大きい人もおるから」

「いや、裕也さんやったら勝てるて、きっと」

裕也はそれ以上は言わなかったが、顔つきには自信のようなものがにじみ出ていた。

夕食後、裕也が風呂に入っているときに、玄関チャイムが鳴った。警戒しながらインターホンの受話器を取ると、男性が、聞いたことがある週刊誌の名前を出して、その記者だと自己紹介し、「今日、南海署で、一緒に感謝状を受け取った女性と大ゲンカをされたそうですね」と聞いてきた。

どこかからどうにかして漏れるものらしい。

「いいえ。そんなことしてませんよ。何をおっしゃってるのか、意味が判りません」

「南郷さんの車のエンジンが壊れて、爆発するような音と共に、ボンネットの下から煙が出たそうですが、ご存じですか」

「ええ、それは私も見ました。後で聞いたところによると、何らかの不具合があって故障したとか」

「排気パイプに何か詰め物をした状態でエンジンをかけたら、そうなることがあるそうですよ」

「はあ」

「真野さんに心当たりはないんでしょうか」

「ありませんよ、そんなの」

「ちょっと出て来ていただいてお話を伺えないでしょうか」

写真を撮る気だな。誰が行くか。

「訳の判らないご質問にはお答え致しかねます」

「車が壊れた後、警察署の横で南郷さんと大乱闘になったそうやないですか。真野さんは顔を殴られて鼻血が流れたけど、絞め技で南郷さんを失神させたんでしょ」

「そんなことするわけないでしょう。お帰りください」

朱音はインターホンを切った。しばらく身構えていたが、さらにチャイムが鳴ることはなく、ふう、と息を吐いた。

と思ったらまたチャイムが鳴ったので、朱音は受話器を取って「帰ってくださいと言うてるでしょ、警察呼びますよっ」と怒鳴りつけた。

「あの、子ども会の衣川ですねんけど」

戸惑いと怯《おび》えが混じったような声を聞いて、あわてて玄関に走った。

ドアを開けると、玄関ポーチに立っていた衣川さんが、少しあとずさった。

「すみません、ついさっきマスコミ関係の人が来て、しつこくいろいろ聞かれたもので、また来たなと思てしまいまして」

「あー、さっきすれ違った人か」衣川さんは納得顔になった。「マスコミっていうと、人命救助の件ですか」

「ええ。人助けをしたのに、夫や子どものことをいろいろ聞いてきたり、私生活のあら探しみたいなことをする、礼儀をわきまえない人もいて」

「週刊誌の記者とか、そういうタチの悪いのんがいてるからね」衣川さんは二度、三度とうなずいてから、「いやね、実は私も、テレビで真野さんとあの南郷のおばちゃんが一緒にテレビに映ってて、力を合わせて人命救助をしたっていうから、びっくりしてねえ。こらどういうことや、ちょっと事情を聞かんと気になって眠れん、というわけで、こんな時間で申し訳ないんやけど、伺わせてもろたんですわ。真夜中に南郷のおばちゃんとウォーキングをしてたんやて？　さすがにそんなん、信じられへんやん。いったい何があったんでっか。よそには言わへんと約束するさかい、教えてもらえへんか」

　この人にはマスコミに話した説明は通用しないだろう。朱音はとっさに、衣川さん向けの言い訳を頭の中で組み立てた。

「ほんまに、よそでは言わんといてくださいよ」

「判ってる。私は南郷のおばちゃんなんかやなくて、真野さん、あんたの味方や。信用してんか」

　好奇心旺盛《おうせい》な暇人の年寄りってだけやろ、ほんまは。

　だが、この人がいたから、南郷の過去や、催眠剤を仕込んだソーセージを飲み込んだドーベルマンがどうなったかを知ることができたのだ。持ちつ持たれつで、ある程度のことは教えてあげるのが仁義というものだろう。

「実は、夜中に南郷が、私の敷地内に石を投げ込んできよったんです」

「石を？」

「まあ、たいした被害やなかったんですけど、窓から外を見て、南郷が逃げて行くのが見えたんで、すぐに追いかけたんです。それで、南郷の家の前で追いついて、何であんなことするんやって抗議したら、じゃがまし、だの、殺すぞ、だのと逆ギレされて」

「ははあ、そういうことか」衣川さんはうなずいてあごをなでた。「近所の人から、ちらっと聞きましてん、実は。人命救助をした時間よりちょっと前に、南郷のおばちゃんの家の前で、怒鳴り合う声とか、物騒な感じの物音とかが聞こえたって」

「ああ、それは……南郷が逆ギレしたときに、植木鉢を私の足もとに叩きつけたときの音やと思います」

「で、やり合ってたら、水路の方で別の物音がして、行ってみたら車が転落しとったと」

「そうです。ただ、マスコミの人たちから聞かれて、直前に怒鳴り合いのケンカしてたっていうのはさすがに格好悪くて、とっさに、一緒に深夜ウォーキングをしてた、みたいな話を作って……」

「そうか。そらまあ、しゃあないな。別に誰かが不利益を受けるわけでもないから、それでええんちゃうか」

「どうも」

「しかしまあ、あの映像は笑たで。あんたとあの南郷のおばちゃんが友達で、一緒に人命救助やて。あはは、いやいや、人の命を助けたんやさかい、笑う話ではないと思うけど、あんたら二人が一緒に映っとるの見て、目を疑うたわ。しかも助けられた男は、飲酒当て逃げ事故を起こして現場から逃走した直後やったときとる。すんなりいかんもんやなあ。あははは」

何がおかしいねん。朱音はむっとなったが、早く引き取ってもらうために、一緒に笑って、「ほんまにねえ」と合わせておいた。

11

五月の第三日曜日は、雲が少ない、なかなかの好天だった。

フリー参観は、一時間目から四時間目までを自由に見ることができるが、朱音は、三時間目に合わせて自転車で出かけた。一時間目と二時間目は図工の版画彫りだと聞いていたため、ずっとそれを教室の後方に立って見ていると後でしんどくなるので、裕也にも、三時間目と四時間目に見に行く、と言ってある。

三時間目は算数で、裕也は当てられることも、手を挙げて発言することもなく、後ろ姿を見ているだけだった。

母親同士のつき合いをしていない朱音にとっては、誰がどの子の父母なのか、さっぱり判らない。そのため、視線が合ったりすると黙礼をするのみだった。仲がよさそうにひそひそ話をしているママ友はおそらく、幼稚園や低学年のときからの知り合いなのだろう。二年前に新たに裕也の母親となった朱音は、いろいろ詮索されるのではないかと身構えていたことや、裕也がいじめの標的になったりしたせいで、母親の輪のようなところには近づかないようにしてきた。今でも、面倒臭いつき合いは願い下げだと思っている。

その代わり、朱音がワイドショー番組に出たり、感謝状を抱えた写真が地元新聞に掲載されたりしたせいだろう、何人かの母親が、好奇の視線を向けてくるのが判った。だが幸い、そのことについて実際に話しかけてくる人は、今のところいない。ママ友連中と距離を取ってきたお陰だ。

昔と違って最近の授業参観は、それ用のかしこまった授業をしたり、教師や保護者たちがよそ行きの格好をしたりせず、普段の授業を勝手に見る、というスタイルになっている。朱音も普段着のパーカーで来たが、祖父母に当たる人たちは昔の刷り込みがあるようで、スーツやよそ行きのワンピース姿がちらほら見える。

休み時間になり、裕也が振り返った。互いに小さく手を振り、裕也は口パクで、トイレに行って来る、と告げて、教室から出て行った。

保護者たちは雑談をしたり、教室内の掲示板に貼られた児童たちの絵を見たり、子どもに話しかけたりしていた。連れて来た小さな子が「おしっこ」と言い出して、あわてて連れ出す母親もいる。

朱音は見回したが、やはり美也さんの両親は来ないようだった。もしかすると教室を探しているのかもしれないと思い、教室から出て廊下を通り、校舎の出入り口を見に行ったが、姿を見つけることはできなかった。

朱音は小さくため息をついた。

先日、くらの庵でたまたま出会って、さんざん瀬田洋子から嫌味を言われたときに、裕也の発表を見に来ませんかと声をかけ、勝裕からもメールで日時や場所などを知らせてあるはずなのだが、やはり来る気にはならなかったらしい。がっかりする気持ちの一方、どこかほっとする気持ちもあった。裕也には、京都のおじいちゃんおばあちゃんも来るかもしれない、とだけ言ってある。

四時間目の国語が始まり、まずは学級委員をしているという女子による、郷土史に残る人々の業績についての発表が始まった。きっとネタ本があって、その内容を抜粋しているのだろうが、はきはきとした声で説明している姿は、いかにもクラスを代表する、嫌味のない優等生、という感じである。

その女子による発表がそろそろ終わりそうな頃になって、隣に人が新たに立った気配があったので見ると、瀬田洋子だった。地味な白いブラウスの上に、えりのない黒いジャケットとスカートという、よそ行きの格好だった。

小声で「わざわざどうも、ありがとうございます」と頭を下げた。「お一人ですか」

へえ、来たんや。

「あの人は用事があって。裕也君は……」

「そこです。左の前の方。もうすぐ出番ですよ」

指さすと、瀬田洋子が「ああ、判った」とうなずいた。

「遠いところ、ほんまにありがとうございます」

「そら、私の初孫が発表するっていうんやから、来んわけにはいかんがな。裕也君が新しい家庭で、どういうふうに成長したんか、楽しみに拝見させてもらうわ。ところで何を発表すんのん」

「私も聞いてないんです。本人が全部自分でやるって言うて」

「大丈夫かいな。こんなところで恥かくのん、嫌やで」

このおばさんの口からは文句と嫌味しか出てこんのか。朱音は「大丈夫です」と答えておいた。

やがて女子の発表が終わり、生徒や保護者たちの間から拍手が起きた。女子は口もとを少し緩めた余裕の笑みで、保護者たちに向かって一礼。

担任の赤尾が、女子が発表した内容をまとめる形で、人物名などを黒板に書き出し、おさらいのような形でレクチャーをしながら児童たちに質問をし、何人かが手を挙げて答えた。裕也は、これから発表するノートを読み直しているようだった。

その後、赤尾が一度、朱音の方を見て小さくうなずいてから、「では次は、男子を代表して、真野裕也さんに発表をしてもらいます。真野さん、何を発表するのか、黒板に書いてから、発表を始めてください」と言った。

裕也は「はい」としっかりした声で返事をし、席を立って、黒板に〔生き物の身の守り方〕と書いてから、こちらに向き直った。手には、発表内容をまとめたと思われるノートが握られている。

裕也と目が合い、うなずき合った。瀬田洋子が手を振ったのにも気づいたようで、少しはにかんだようにうなずいた。

裕也がノートを広げて、落ち着いた口調で読み始めた。

僕は、生き物が身を守る、いろんな方法について発表をしたいと思います。

生き物の世界では、天敵に襲われたり、えさになる生き物を捕まえようとして反撃されたり、あるいは、えさの取り合い、縄張り争いなどがあり、毎日が戦いの連続です。そんな中で、生き物たちはそれぞれの方法を見つけて、身を守っています。

まずは、身近にいる生き物の話からしてみたいと思います。

公園の草木や学校の花壇の近くに行くと、ハチが飛んでいます。ハチは、お尻に毒針を持っていて、敵に攻撃されると刺すことがありますが、むやみにその武器を使わないで済むよう、毒針を持ってるぞ、というアピールをして、敵を遠ざける道を選びました。それが、黄色と黒の派手な縞《しま》模様です。黄色と黒の縞模様は警戒色と呼ばれていて、目立つので、交通標識や工事現場でも、よく使われています。

スカンクという動物も、白と黒の目立つ色をしています。そして身に危険が迫ると、顔にかかったら目が痛くて見えなくなるぐらいの分泌液をお尻から飛ばします。だから他の動物たちは、たとえジャガーのような猛獣であっても、スカンクを見たら逃げると言われてます。

警戒色は、人間でいうと、サングラスをかけたり派手な色のスーツを着たり、刺青《いれずみ》をしたりという、わざと怖い格好をすることがこれに近いでしょう。ある意味、余計な争いを避けるために、近づくな、というサインを出しているのです。

この警戒色とは反対に、目立たないようにして身を守る方法もあります。むしろそちらが圧倒的多数です。

アマガエルは、葉っぱの上にいるときは緑色になり、土の上にいるときは茶色になって、目立たなくなります。タコの仲間には、砂地やごつごつした岩そっくりに変身する種類のものがいます。バッタや青虫も、葉っぱの中で目立たない色をして、身を守っています。こういうのを保護色といいます。

保護色は、人間でいうと、夜の闇に溶け込んで行動する忍者や、ジャングルの中で迷彩模様の戦闘服を着る兵士などがこれに当たります。目立たない姿でいると、ただ身を守るためだけでなく、敵を攻撃したり獲物を捕らえたりするときにも、相手に気づかれにくいので有利です。カマキリが草の中でじっとしているのも、天敵から発見されないためだけでなく、獲物にも気づかれないというメリットがあるからです。

他にも、身を守る方法はいろいろあります。

一番知られているのは、武器を持つことだと思います。肉食動物のライオンやトラは頑丈な牙《きば》と爪を持っています。ワシやタカも、鋭いくちばしと爪を、シャチやサメはとがった歯と強力なあごがあります。一方、草食動物でも、ゾウは大きな牙を、ウシやシカの仲間は角を持っています。

しかし、最も武器に長《た》けているのは人間です。人間は、この武器というものを、よそから調達してくることを覚え、工夫を重ねて、進化させてきました。人間の歴史は武器の歴史だ、ともいわれています。最初は石や木の枝や大型動物の骨などを削って、槍《やり》や棍棒《こんぼう》を作り、さらに弓矢という飛び道具を生み出しました。さらには金属を加工することを覚えて剣や刀を作りました。やがて鉄砲や大砲が作られ、戦車や戦闘機、軍艦が作られ、とうとう、核兵器という、一発で大都市が滅んでしまうような武器さえ作ってしまいました。

その一方で、武器を持たないで身を守る方法を選んだ生き物たちもいます。イワシなどの小魚は、群れで行動します。一匹ずつが単独で行動すると、すぐに天敵に狙われて食べられてしまいますが、群れで行動していると、襲われても助かる可能性が高くなります。また、大群でいると、他の生き物を威圧する効果もあります。群れで行動し、さらに武器を持った生き物もいます。グンタイアリは、大軍で行進し、遭遇したらニシキヘビでさえ襲って食べ尽くして、骨だけにしてしまいます。一匹一匹は小さなアリでしかないのですが、大軍で統率の取れた行動をすることで、たくさんのアリの小さなアゴが、強力な武器になるわけです。

敵がいない場所で生きる、という方法を選んだ生き物もいます。

生きる化石と呼ばれているシーラカンスは、恐竜時代よりも古い時代から生存していて、今も大昔と同じ姿のまま、生き続けています。なぜ絶滅を逃れたかというと、天敵があまりいない深海で生きる道を選んだからだと言われています。えさがたくさんある場所は天敵も多い。反対に、えさがあまりない場所は天敵も少ない。シーラカンスは、えさを獲るのに苦労してもいいから、安全な場所で暮らすことにしたのです。見渡す限り氷ばかりの南極で暮らすペンギン、草などがほとんど生えていない砂漠で暮らすトカゲの仲間なども、敵がいない場所を選んだ例だと思います。

敵がいない時間に活動する、という方法もあります。

川や湖の魚が活発にえさを追いかけるのは、明け方と陽暮れどきです。つまりうす暗い時間です。釣りをするときも基本的に、この時間帯がよく釣れます。なぜかというと、魚にとっての天敵である鳥たちが、この時間帯になると目が利かなくなるからです。鳥たちに見つかりにくい時間帯に活動し、水面に近づいてえさを探すことで、身を守るわけです。人間も、今では昼間に活動して夜に眠るのが普通ですが、人間の祖先をたどると、恐竜時代にいたネズミのような小型動物だとされています。そしてこの小型動物は、恐竜たちに襲われないよう、夜に活動していました。そのことを、強い敵に怯えて、こそこそしていた弱虫だ、と思う人もいるかもしれません。でもそうやって執念深く生き続けたお陰で、恐竜たちが絶滅した後も子孫を増やし続け、やがて人間が出現し、地球の支配者となったのです。先祖である彼らが、我慢強く生きてこれなかったら、僕たちはいなかったと思います。

それから、逃げる技を磨くことで身を守る生き物たちもいます。アフリカにいるインパラという草食動物は、ぴょんぴょん飛んですばやく逃げることができます。また草食動物の多くの目が左右に離れた場所にあるのは、敵の接近にいち早く気づくためです。その他、多くの草食動物は嗅覚が鋭く、天敵の接近を臭いで察知します。なので頭がいい肉食動物は、風下から獲物に近づきます。

逃げるために必要なのは、素早さだけではありません。イカやタコはスミを吐いて、敵の目をくらまし、その間に逃げます。イカのスミは、煙幕を張って姿を消すためですが、タコのスミは、自分の分身を作っているのだそうです。忍者の世界での変わり身の術とか分身の術のようなものです。トカゲが自分の尻尾《しっぽ》を切って逃げるのも、尻尾だけがくねくねしているのに敵が気を取られている間に逃げるというもので、タコのスミに近いやり方です。素早く逃げるのがちょっと苦手な生き物は、そういう方法で自分の欠点を補っているのです。

僕を食べたら死ぬぞ、というアピールをして身を守ろうとする生き物もいます。フグの仲間には、身体の中に毒を貯《た》め込む種類がいます。人間もフグにあたって死ぬことがあります。毒フグは主に肝臓や卵巣というところに毒を貯めますが、敵に襲われたときには皮膚からも毒の成分を出すそうです。なので天敵がフグを食べようとすると、毒に気づいて、襲うのをやめます。この魚は食べない方がいいと学習するので、すばやく逃げることもできず、隠れたりするのも下手なフグなのに、襲われなくなるわけです。カエルの中にも背中から毒がにじみ出る種類がいて、やはり学習効果で襲われなくなります。キノコの仲間も、他の生き物に食べられないように、毒を持っている種類があります。

また、毒以外でも、ヤマアラシは全身が鋭いトゲで覆われていて、食べたら死ぬぞとアピールします。最近でもアフリカで、四メートルぐらいのニシキヘビがヤマアラシを飲み込んで死んだというニュースがありました。

さて、僕がなぜ、生き物たちのさまざまな身を守る方法について調べたかというと、僕自身が四年生のときに、つらい目に遭って、自分の身を守るためには何をすればいいのだろう、どうすればいいのだろう、とずっと考えていたからです。

僕は、同じクラスの数人から、プロレス技をかけられたり、ものを隠されたり、壊されたりするうちに、朝に起きると頭やおなかが痛くなって、学校に行くのが難しくなりました。二学期の途中から三学期の前半にかけて、学校に行けませんでした。

そこで、お母さんの提案で、一緒に身体を鍛え始めました。

お母さんは、僕を産んだ人ではありません。僕を産んだお母さんは交通事故で亡くなり、新しくお母さんになった人です。でも新しいお母さんは、僕を本当の息子のように思ってくれていて、四年生のときに僕がいじめられたことを、とても心配し、いじめに負けない人間になるように、一緒に身体を鍛えようと提案してくれたのです。僕だけでなく、お母さんも毎日、一緒にトレーニングしています。

なぜ、身体を鍛えれば、いじめに負けなくなるかというと、ある生き物の身を守る方法が僕にとって大きなヒントになったからです。

生き物が身を守る方法は、今まで述べてきたように、いろいろあります。いじめから身を守る方法も実は同じで、いろいろあると思います。わざと怖い格好をして他人を威圧する方法もあるし、逆に目立たないように誰とも目を合わせずおとなしくしている方法もあります。武器を持つことも、よくないけれど方法の一つではあるし、仲間を作ってお互いを守る方法もあります。学校に行くのをやめることも、いじめから身を守る方法です。すばしっこい人だったら、いじめられそうになったら、さっと逃げることもできると思います。僕のお父さんは怖い人だぞ、だからいじめたら後で大変なことになるぞ、とアピールする方法もあります。

でも僕は、まだみんなに紹介していない生き物の身の守り方が、自分に合った、いい方法だと思いました。

それは、アルマジロやセンザンコウのように、また硬い殻を持った貝のように、頑丈な身体を作って身を守る、という方法です。アルマジロやセンザンコウは、敵に襲われたら丸くなって、硬いウロコのかたまりになります。貝も、敵に襲われたら貝殻の中に閉じこもって自分の身を守ります。ヤマアラシと違って、相手を傷つけないで、自分の身だけを守るやり方です。

僕は、身体を鍛えるようになって、自分自身に変化が現れたことに気づきました。四年生のときみたいに、誰かからおなかにパンチをされても、それほど痛くなくなったのです。なぜかというと、トレーニングで腹筋がついてきたからです。肩や腕にも筋肉がついてきたので、肩パンチをされても、前みたいには痛くなくなりました。だから、同じことをされても、四年生のときと違って、朝起きたときに、頭やおなかが痛いということがなくなりました。身体を鍛えるようになって、気持ちにも余裕が出てきたのです。

僕は、インド建国の父と言われているマハトマ・ガンジーさんをとても尊敬しています。僕を産んでくれた最初のお母さんもガンジーさんのことを尊敬していました。ガンジーさんは、当時インドを支配していたイギリスからの独立を目指していたせいで、イギリスの兵士たちから何度も暴力を受けましたが、非暴力不服従という考え方を貫いて、最後にはとうとうインド独立を実現させました。非暴力不服従というのは、暴力を受けても暴力でやり返さず、しかも暴力から逃げず、でも絶対に服従しない、という方法です。ガンジーの考え方を支持した人たちもやはり、ムチや棒で叩かれても抵抗せず、逃げもせず、その代わり独立を訴える活動を我慢強く続けました。そしてとうとうイギリスは根負けして、インドは独立を果たしたのです。

このやり方は、相手にやり返さない、逃げもしない、でも相手の言うことを聞かないで抵抗を続ける、というところが、アルマジロやセンザンコウ、そして貝の身の守り方に、とても似ていると思います。だから僕も、身体を鍛えることで、叩かれたり蹴られたりしてもダメージを受けない丈夫な身体を作ることで、いじめから身を守ろうと思います。だから、身体を一緒に鍛えようと提案してくれて、毎日一緒にトレーニングを続けてくれているお母さんに、とても感謝しています。

僕の発表は、これで終わりです。

裕也がノートを閉じた。朱音は、裕也が「新しいお母さん」という表現を使って自分のことを話し始めた辺りから、涙が止まらなくなり、ハンカチで何度も目をぬぐっていた。

聞いている途中で、格闘技の練習もしようと提案して、嫌だという裕也と口論になったときのこともよみがえった。

この子は、こんな深いところまで考えていたのか。やられたらやり返せ、などという浅はかな考え方を押しつけようとしたことが、ただただ恥ずかしく、そして、新しい母親の押しつけを引きずることなく、むしろ感謝を示してくれたことに、胸の奥が締めつけられるような、それでいて柔らかにほぐされるような、形容しがたい気分だった。

クラスの中は、静まりかえっていた。五年生の子どもが、こんな発表をするとは誰も思ってもみなかったからだろう。

その裕也が再び口を開いた。

「僕は、勉強もそれほどできないし、運動神経もよくないし、ケンカが嫌いなので、いじめられやすいのだと思います。でも、運動神経がよくなくても、ちゃんとトレーニングをすれば、身体は丈夫になるし、力持ちになることができます。僕は今では、力なら割とある方だと思っています。今からそれを証明したいと思います」

瀬田洋子が「何をする気やろか、あの子」と不安そうに聞いたので、朱音は鼻をすすってから「判りません」と答えた。

裕也が、真ん中辺りの席に向かって言った。

「クラスで一番スポーツができて、身体も大きい木戸口《きどぐち》君、僕と今ここで、アームレスリングの勝負をしてください」

しんとしていた教室内が、ざわつき始めた。

朱音は冷や水を浴びたような気分になった。

裕也が発表役を引き受けた最終目的は、これだったのか？

裕也は、クラスのリーダー格らしい木戸口という子をアームレスリングで倒すことで、いじめをぶっ飛ばそうとしているのだ。暴力に暴力ではなく、また逃げるという方法でもない、平和でみんなを納得させる方法として、確かにそれは理想的かもしれない。

この子は本当に賢い子だ。朱音は、いったん冷めた全身に火がついて、急激にかあーっと熱くなるのを感じた。

最前列付近の端に立っていた担任の赤尾が、困惑顔で目を泳がせていた。

あの木戸口って奴が、裕也をいじめるグループのリーダーなのだな。朱音は、他の子たちよりも高い位置にある短髪の後頭部を見つめた。

「アサヒ、受けろ」と後ろに立ってる保護者の中から男性の声がした。「勝負を挑まれて逃げたら男やないぞ」

他の保護者の間から見えた緑色のゴルフシャツ姿のその男性は、見るからに何をやっても上手くこなしそうな、シャープな顔つきで、目つきに鋭さがあった。たくましい体格ではないが、保護者たちの中で目立つ何かを持っている。

こいつが父親か。格好つけやがって。だが受けてくれることには感謝すべきだった。

木戸口が席を立って、前に出て来た。教室内で男子らを中心に拍手が起き、「アサヒ、勝てよ」「アサヒ、やっつけろ」という声が上がったが、どこからか「真野、負けるな」「真野、頑張れ」という声も起き始め、女子の声も混じって「まーのっ、まーのっ」と真野コールになった。少なくない子たちが、リーダー気取りの木戸口のことを実は面白く思っていないらしいことが判る。

担任の赤尾が両手をクロスさせて頭を振り、「同じクラスメイトですよ、片方だけ応援するんじゃなくて、どちらにもエールを送ってください」と言い、真野コールはやんだ。一部の保護者たちの間からは、こんなことをさせていいのだろうか、という感じのざわつきがあったが、他の保護者たちによる拍手の方が、それを上回った。

担任の赤尾がレフェリーを務めることになり、最前列に机一つと椅子二つを用意して、裕也と木戸口が向き合って座り、右手を組んだ。木戸口は小馬鹿にしたように笑っている。裕也は木戸口の顔を見ないで、下を向いて、ふっ、ふっ、と息を吐いて精神統一を図っているようだった。

赤尾の、レディ、ゴーの合図と共に裕也は右肩をくいっと前に入れ、わきを締める体勢になった。リーチが長い木戸口は前腕部の角度がどうしても甘くなってしまい、見た感じでは裕也の方が有利に思えた。

だが体格差のせいだろう。最初の数秒間は拮抗《きっこう》して動かなかった両者の右手が、少し動き始めた。木戸口は顔を真っ赤にさせて、裕也のひじを伸ばし始めた。

それでも裕也は耐えていた。少し不利な角度になったが、そのまま押し切られずに、踏ん張っている。

瀬田洋子が「裕也君っ、頑張ってっ」とうわずった声を上げた。

木戸口が、「あーっ」と気合いの声を出して、二度、三度、とギアを入れ替える感じで、倒そうと仕掛けてきた。裕也も顔が紅潮していた。

さらなる木戸ロの攻撃に、ついに裕也のひじが伸びた。教室内で、歓声と落胆のどよめきが交錯した。

裕也の手の甲が机に着きそうなところで、担任の赤尾が「はい、勝負あり」と止めに入った。二人の手が離れ、木戸ロは肩で息をしている。楽勝のつもりだった予想が外れたせいだろう。放心したように裕也を見返している。

裕也の方は、いかにも悔しそうに、くちびるを噛《か》むような表情で下を向いた。

赤尾が「二人とも頑張りました」と拍手した。「とてもいい勝負でした。終わったら、恨みっこなし。さ、握手」

促されて、裕也も木戸ロも、遠慮がちに右手を差し出し、握手をした。拍手が湧き、男子の間から「真野、おしかった」「ドンマイ、接戦やったぞ」という声が上がった。

木戸ロが、腕のだるさを示すように、右腕をゆっくり回しながら、顔をしかめて席に戻る。

「裕也さん、三学期までには勝てるよ」

朱音は半ば無意識のうちに、そう話しかけていた。たまたま、拍手や他の声が途絶えたタイミングだったようで、児童たちも、他の保護者たちも、朱音の方を向いた。

そんなつもりやなかってんけど……まあ、ええか。

「木戸ロ君」と朱音は続けた。「五年生の間に、もっかい、勝負したってな。裕也さん、ちゃんとトレーニング続けたら、次は絶対に勝てる。頑張ろうな」

席に着いた裕也が振り返って、少し恥ずかしそうにうなずいた。

「アサヒ、次も負けるなよ」と木戸口の父親が言ったが、木戸口は、父親の方に顔を向けなかった。両耳が赤い。その態度は、父親に反抗する態度のようにも、次はもう負けると観念しているようにも映った。

木戸口の父親と視線がぶつかった。一瞬、きつい目で見返された。朱音は、口もとを少しだけ緩めて応じた。

あんたの自慢の息子さん、次は負けよるで。いじめてた子に。そのときが見ものや。

そのとき、別の教室だか廊下だかから、複数の悲鳴が上がった。保護者たちも児童たちも、互いに顔を見合わせる。男子の何人かが腰を浮かせたが、赤尾が「みんなはここにいなさい。先生がちょっと見て来るから」と釘を刺して、出て行った。

瀬田洋子が「何やろか」と不安そうに言った。「不審者が侵入して、暴れとるんとちゃうやろな」

全くあり得ないことではない。手のひらに汗がじわっとにじんだ。

廊下の方では、入り乱れる足音や悲鳴がさらに強まっていた。木戸口の父親が後ろのドアを開けて「どうしたの？」と大声で聞き、どこかから「ヘビ、ヘビ」という男子の答えが返って来た。

ヘビ、という単語に反応して、教室内でも、悲鳴混じりのざわめきが広がった。

裕也が振り返った、朱音と、互いにうなずき合う。

もしかしたら僕の出番かも。そやね。無言の一瞬のやり取りだった。

赤尾が青ざめた顔で戻って来た。

「渡り廊下からヘビが校舎内に入って来たそうです。ただのシマヘビらしいので心配ありませんが、男の先生が捕まえてくれるまで、教室内にいましょう」

前の方にいた男子の一人が「どれぐらいの大きさ？」と聞いた。

「先生は見てないけど、かなり大きかってんて」

それを聞いた女子たちが、「きゃー」「やだー」「こわいー」などと騒いだ。男子の一人が「あっ、そこにいる」と床を指さすと、その近くにいた女子が「わあっ」と悲鳴を上げて立ち上がり、騙《だま》されたと気づいて、「あほっ」と叩く真似をした。

「ヘビ、捕まえられる先生って、いてはるんですか」

朱音が尋ねると、赤尾は自信なさそうに首をかしげた。

「二人、男の先生がモップとふたつきのバケツを持って、何とかしようとしてはりました」

モップとバケツ。そんなんで大丈夫か？

「先生、裕也さんは、素手でヘビを捕まえられます。最近も捕まえて飼ってたぐらいですから。もしよかったら、手伝わせたらどうですか」

「そうなん？　真野君」と赤尾から聞かれた裕也がうなずいた。近くにいた男子が「ほんまけ」「すごっ」などと言った。

とりあえず、様子を見に行く、ということになり、裕也に続いて朱音と赤尾、さらに数人の男子と保護者が、騒ぎが起きている方に向かった。

他の児童や保護者から聞いたところ、ヘビはさきほどまで廊下の途中にある観葉植物の陰に隠れていたが、男の先生がモップで押さえつけようとしたのをすり抜けて、その先にある男子トイレに入った、とのことだった。

男子トイレに入ると、モップを持ったバーコード頭の教頭と、バケツを持った縁なしメガネのやせた男性教師がいて、振り返った教頭が「危ないよ、下がって」と言った。

縁なしメガネの教師は、去年の裕也の担任、音羽《おとわ》だった。裕也がいじめられてると訴えても「うちのクラスにいじめはありません」「じゃれあってるだけです」などと、薄ら笑いで答えるのみで、ちゃんと対応してくれなかった奴だ。その後ようやく、いじめがあったと認めたものの、校長には報告しないで、うやむやに済まそうとしたバカ教師。朱音は一瞬、音羽の尻を蹴りつけたい衝動にかられた。

「ヘビはどこですか」と朱音が聞くと、教頭が「端にある、掃除用具入れにいます」

と、個室トイレの隣にあるドアを指さした。

そこに逃げ込んだところまでは確認したが、この後どうするか、及び腰のまま、決められないでいる——見るからにそんな感じだった。教頭と音羽は二人とも、近づけないまま、がちがちに固まっている。

「シマヘビなんですか」と裕也が尋ねると、教頭は「いいから下がって」と声を荒らげた。

「この子、ヘビやったら素手で捕まえられます」

朱音の言葉に、教頭たちが振り返った。

「ほんまか？」

「はい」と裕也がうなずく。

「最近も素手で捕まえて、プラスチックケースに入れて観察してましたから。先生方が手を焼いておられるようでしたら、この子に任せたらどうですか」

教頭と音羽が顔を見合わせた。教頭が「そしたら、任せよか」と言い、音羽が「そうですね」と食いつき気味にうなずいた。頼りにならない大人たち。

教頭たちが下がり、裕也は無造作にそのドアに近づいて、ドアに手をかけようとしたときに、教頭が「これ、これ、いらんか」とモップを突き出した。裕也は「いいです」と頭を横に振って、ドアを開けた。

裕也がドアの向こうに消えた。

「どや、おるか」と教頭。

裕也が「はい、います」と答えた。

「どや、捕まえられそうか」

「ちょっと待ってください」

教頭は心配そうに声をかけるが、中に入ろうとはしない。もちろん朱音も、足がすくんで動けなかった。ヘビと、家の中にたまに出現する灰色の大きなクモだけは、想像するだけで全身に鳥肌が立つ。

裕也が出て来た。右手でヘビの頭を押さえつけ、茶色の縞や斑点《はんてん》が入ったヘビの胴体が前腕部に巻きついている。この前、裕也が捕まえたものより、かなり太くて長い。

それを見た音羽が「うわっ」と叫んで、トイレから外に逃げ出した。教頭も後ずさって、「だ、大丈夫か、巻きついとるで」と、震える手で指さす。

「大丈夫です。逃がして来てええですか」

「ど、どこにや」

「多分、隣の空き地から入って来たと思うから、また空き地に」

「そんなことしたら、また入って来よるやないかっ」

「そしたらどうするんですか」朱音が言った。「毒ヘビならともかく、ただのシマヘビなんでしょ。迷い込んだだけなんですから、もといた場所に返してやったらええでしょう。それとも殺せとおっしゃるんですか」

「いやいや、そうはおっしゃってません」緊張のせいか、教頭はおかしな言い方をして、モップをまだ構えたまま頭を横に振った。「そうですね、まあ……そうするのが筋でしょうね」

「そしたら、逃がして来ます」

裕也はそう言って歩き出した。朱音も後に続く。

トイレの前に集まっていた、他の教師や保護者、児童らが、「うわっ」などと言って、道を空けた。

廊下を進む間も、まるで示し合わせたかのように、人垣が二つに分かれ、ヘビを持った裕也が、そこを進む。朱音がその後に続く。何人かの保護者が、スマホで撮影していた。

まるで映画『十戒』で見た場面のようだった。予言者モーゼが歩くと、目の前の海が二つに分かれて長い道ができるシーン。

そして裕也の後ろ姿の、頼もしいこと。朱音は涙があふれて、私はこの子の母親なんやで、と自慢して回りたい気分だった。

渡り廊下を進み、隣家との境界になっている金網フェンスの前で裕也はかがみ込んだ。

立ち上がったときには、もうヘビの姿はなかった。下から、空き家の敷地内に茂っている雑草の中に消えたらしい。

ついて来た男性の保護者たちが「ぼく、すごいな」「ありがとうな」と拍手をした。裕也は、恥ずかしそうに、ぺこりと頭を下げた。

赤尾が朱音のそばに寄って来て、「裕也さん、発表も立派でした。その後も」と涙声で言った。「もう裕也さんをいじめる子は、いなくなると思います」

今年の担任は、去年のバカ野郎よりもはるかにいい教師だ。朱音は「はい、ありがとうございます。先生のお陰です」と頭を下げた。

そのとき、授業の終了を知らせるチャイムが鳴った。

裕也は渡り廊下にある手洗いで手を洗ってから、校舎内に入った。男子生徒らが「おー」「真野すげえ」などと言った。近くにいる男子から「どうやって捕まえたん」と聞かれた裕也は「どうやってって、普通に。頭を押さえて」と答えている。

朱音さん、と呼ばれて横を見ると、瀬田洋子が泣きはらした目をしていた。

「すごい子に育ててくれてんね。ほんま、おおきに」

「いえいえ、裕也さん自身がもともと、いろんな可能性を持ってる子なんです」

「おおきに、おおきに、ありがとう」

「いえいえ」

裕也のお陰で、この人とも、これからはいい関係が作れそうだった。

裕也たちはホームルームなどがまだあるので、朱音は一足先に帰ることになった。校舎の廊下から、自転車を停めてある校庭の出入り口付近まで歩く途中、他の保護者たちが「ヘビを捕まえたの、男の子やねんて?」「五年の子が大きいヘビを捕まえたんやてね」などと話し合っているところに二回遭遇し、そのたびに朱音は「あ、それ、五年二組の真野君っていう子です」と教えた。

空を見上げると、雲の群れが二つに分かれて、その間に小さな雲がぽつんと浮かんでいた。孤立しているのではなく、みんなが敬意を表して、その雲に道を空けているように見えた。

12

裕也は小学校の英雄となり、次の週の全校集会で、児童会から感謝状をもらうこととなった。ヘビをモチーフにした縁のデザインが、カラフルな色鉛筆で描かれた、子どもたちによる手作りのものだった。朱音はそれをダイニングの壁に飾るため、ホームセンターで額縁を購入した。いじめられっ子だった裕也が、立場を一変させた歴史的事件の証《あかし》である。朱音がもらった感謝状などとは値打ちが違う。

だが、朱音の提案を聞いた裕也は、あまりうれしそうな顔をしなかった。だったらどうしたいん？　と聞いてみると、できたら京都のおじいちゃんとおばあちゃんにあげたい、という。あのときの瀬田洋子の涙目が思い出された。

裕也案に従って、額縁に入れた感謝状を、瀬田洋子に送ったら、図書カードやらお菓子の詰め合わせやら京野菜の漬け物パックやらがお礼として届いた。こんなことは初めてである。〔今度は朱音さんも一緒に来てね。〕と書かれたメッセージカードも入っていた。

五月の終わりに夫の勝裕が休暇を取って、土日と合わせて二泊三日、帰省した。その間は朱音も、くらの庵を休ませてもらい、親子三人水入らずで、近場の山登りや遊園地に出かけた。

日曜日の昼食は、勝裕のリクエストで、くらの庵になった。ツェンさんが裕也に、ジュースをサービスしてくれた。

三人でうどんを食べていると、リズミカルな物音が聞こえてきて、やがて十数人のサンバカーニバルの一団が、フードコートに姿を現した。キラキラの装飾を施したマイクロビキニ姿の女性ダンサーたちが、笑顔で腰を振りながら歩き、太鼓などの鳴り物を担当する男性がその後に続く。勝裕は「これが、朱音さんが言うてたやつか」と苦笑し、裕也は目が点になっていた。

サンバカーニバルが去って静かになったところで勝裕が「そうやった、九月までに長期出張もお役御免になりそうや」と言った。なぜこのタイミングなのかと思ったが、裕也は「ほんまに？」とうれしそうだった。

うどんを食べ終わってトレーを持って行こうとしたとき、背後のテーブルから「わあ、うれしい」という女性の声がした。

何となく振り返ると、朱音と同世代だと思われる、小太りの女性が、四十過ぎぐらいの髪の薄い男から、指輪を左手人さし指にはめてもらっていた。男性は「サンバカーニバルの日に、と思てたんや」とにやにや笑い、女性の方はうっとりして、指輪を見つめている。

まじか。フードコートでプロポーズ。しかもサンバカーニバルに合わせて。しかも女の方は、どうやら本当に感激している。

人の価値観というものは、いろいろだ。サンバカーニバルだって、楽しみにしているお客さんがいる。フードコートが人生の思い出の場所になったって、構わない。人の勝手なのだ。

六月中旬の、雨がだらだらと降り続けていた日の夜、公民館で子ども会の集まりを終えて帰ろうとしたときに、珍しく出席した会長の衣川さんから声がかかった。

「南郷のおばはんとこの犬、死んだそうや」

「ほんまですか」

「近所の人から聞いたんや。四日前で、わざわざ坊さん呼んでお経上げて、ペット専門の葬儀屋が棺桶《かんおけ》に入った犬を運び出しとったたって」

朱音は、金属バットで犬を殴った事件のコピーと、ペット葬儀社の案内を南郷宅の郵便受けに投函したときのことを思い出した。

「病気か何かですか」

「いや、寿命やったと思うで。大型犬は十歳過ぎたら、いつ死んでもおかしないから。私の記憶では、そろそろそういう年やったはずや」

「そうですか……」

「南郷のおばはん、すっかり落ち込んどるらしいで。コンビニで見かけたっていうご近所さんによると、別人みたいにしょんぼりして、動作も鈍い感じで、顔の半分が痙攣しとるみたいやったって」

南海署での乱闘の後、南郷不二美からの嫌がらせは、ないままである。南海署で絞め落としてやった後、遂にあいつの心を折った、という手応えを感じたが、もしかしたら、最もダメージを与えたのは、飼い犬の死だったのかもしれない。

帰宅して、ドーベルマンが死んだことを話すと、裕也は「そしたら南郷のおばちゃん、悲しんでるやろな」と言った。

「襲われそうになって怪我したのに、同情してるんか」

「あのドーベルマン、見かけは怖いけど、ほんまに人を咬《か》んだりはせえへんかったから」

「そんなことないやろ。牙をむき出しにして、うなっとったやんか」

「でも、咬まれて怪我した人は、いてへんよ」

「そうやとしても、それはたまたまやがな。南郷のおばはんがリード放さへんだから、大怪我する人はいてへんかった。それだけのことや。放しとったら、怪我人どころか、死人が出とったかもしれんやろ」

「同じクラスにおる田辺《たなべ》君から聞いたんやけど、田辺君のお兄ちゃんが、友達と尾花公園でサッカーしてたときに、あのドーベルマンが家から脱走して、公園に入って来たことがあってんて」

「いつ」

「去年の今頃ぐらい？」

「田辺君て、この前、もう一人の子と一緒に遊びに来た子か？」

「うん」

アームレスリングとヘビの一件以来、遊ぼうと裕也を誘ってくれたり、家に来てくれたりするクラスメイトが、ぽつぽつ出てきた。田辺君もその一人で、いつもにやにやした顔といがぐり頭が印象に残っている。

「田辺君のお兄ちゃん、咬まれへんだんか」

「ドーベルマンがうなりながら、猛然と走って来たから、みんなで逃げてんて。そやけど田辺君のお兄ちゃんがこけて、殺されるって思ったら、ズボンを甘噛みされただけやってんて」

「うそ」

「ほんま。逆上がりのときかて、朱音さん、咬まれへんかったやろ」

「…………」

あのときは、ソーセージを持っていたから助かっただけだと思っていたのだが……思い返せば、猛然と走っては来たものの、あの犬はおとなしくソーセージを食べたし、その後は、もっとくれと、頭をこすりつけてきた。

そういえば、ドーベルマンは、盲導犬になることもあると、裕也が言っていた。

あの姿、あの顔つき、あの声だから、誤解されてきただけなのだろうか、あの犬は……。

七月に入っても雨の多い日が続き、洗濯物がいつまでも乾かないので、朱音は慣れないハンドルを握って、コインランドリーに行った。事情はどこの家庭も同じらしく、最寄りの店も、少し離れたところにある別の店も、すべての乾燥機が使用中だった。あきらめて帰ろうと思ったが、もう一度、最寄りの店に行ってみると、幸い、一台だけ、ちょうど洗濯物を出していた女性がおり、聞いてみると、もう終わる、というので、使わせてもらうことにした。

三十分ほど、近所のスーパーで買い物をしてから戻ったときに、朱音が使っている乾燥機の前に、見覚えがある女が背を向けて座っていた。もしやと思って近づくと、南郷不二美が振り向いた。白いジャージの上下に、あちこちほつれている髪。表情には覇気がなく、以前あった威圧感のようなものも消えていた。

互いに口をぽかんと開けて見合ってから、朱音が我に返って「何をしようとしとったんや」と小声で詰め寄った。他にも何人か客がいるので、大声を出すわけにはいかない。

言ってから、はっとなった。

南郷の左側の顔面が、痙攣していた。顔の筋肉が勝手に動いている感じで、異様な表情だった。

「もうすぐ空きそうやったから、待ってただけや」と南郷が、ぼそぼそとした口調で言った。「よりによって、お前の洗濯物やったとは……くそ」

何が、くそ、じゃ。

乾燥機の表示を見ると、あと三分、となっていた。

朱音は近くの丸椅子に腰を下ろした。

無視してやり過ごすことも考えたが、気になったので、「顔が痙攣してるやんか。何かの病気か」と聞いてみた。

南郷が顔を向けた。

「……ええざまやと思とるやろ」

「…………」

「ストレスが原因やろうと、医者に言われた。薬飲んでるけど、ようならん」

「ペロちゃん、死んだそうやな」

南郷が顔を背けた。

南郷が目を合わさずに何か言ったようだったが、よく聞こえなかったので、朱音は「え？」と顔を近づけた。

「私は人殺しやない」

「ああ？」

「人なんか殺してへんて言うてんのや」

「何やの、それは」

「お前が何べんも言うたやないか」

「…………」

南郷宅前でやり合ったときのことがよみがえった。そういえば、人殺し呼ばわりを連呼した後、南郷の怒りのメーターが振り切れたような記憶がある。あの言葉を口にしていなかったら、南海署での大乱闘もなかった、というのだろうか？

「接触事故の相手の男とは、確かにののしり合いみたいな感じになった。そやけど、私は相手を押したりしてへん。興奮して怒鳴っとったけど、急にめまいを起こしたみたいになって、よろよろと後ずさりしよってん。そしたらトラックが来たんや」

「知らんがな、そんなもん。私はその場にいてへんだんや。あんたの話を聞いたかて、はい判りました、とはならんやろ」

「警察からさんざん疑われて、うちの旦那の件まで、私が殺したんちゃうか、みたいに言われたんや。どんな気持ちになるか、お前にはどうせ判らんやろ」

顔が痙攣する原因だというストレスは、もしかして犬の死だけではないのか？

南郷が近所づき合いをしなかったのは、人殺しだと疑われたことと関係あるのか？

本当は、孤独な初老の女だったのか？

これまで、一度たりとも考えたことがなかったことだったが、思い直してみると、そうかもしれないという気がしてきた。

乾燥機が終了を知らせるブザーを鳴らした。

朱音は、ふたを開けて持参したカゴに洗濯物を入れ、「ほら、空いたで」とあごをしゃくった。

「残ってるで」と南郷が言った。

「え？」

「靴下、ほら」今度は南郷があごをしゃくる。

「あ――」

確かに、グレーと白のストライプが入った靴下が片方だけ、乾燥機の穴の手前側に落ちていた。

確か、人命救助をしたときに、はいていた靴下だった。

カゴを抱えたとき、南郷が「弁償してんか」と言った。

「何のことや」

「マークⅡやがな。お前のせいでエンジンがわやになって結局、廃車や。今乗ってる軽自動車の代金ぐらいは、払てもらわんと、やってられん」

窓の外を見たが、軽自動車は数台停まっていたので、どれが南郷のものかは判らなかった。朱音は露骨に舌打ちをした。

「それを言うか。人の家のプランターを倒したり、勝手口のガラスを壊したり、息子に怪我さしたりしたくせに。先に仕掛けてきたんは、そっちやろが。自業自得や」

「お前の側の損失分を差し引いても、軽自動車代ぐらいは払てもらわんと、計算が合わんやろが。マークⅡ、なんぼしたと思とんのや」

視線がぶつかった。が、南郷は、片方のこめかみとほおの辺りを痙攣させて、視線を下にそらした。

そういえば——人殺し、人殺しと連呼したときから、こんな感じの痙攣が始まったのではなかったか。

南郷の体調不良は……ストレスの原因は……。

あかん、そんなもん、認めたら負けや。

朱音は「何を言うてんのや。知るか、そんなもん」と振り切って、外に向かった。

デミオに乗り込んで、ミラー越しに窺《うかが》うと、南郷は緩慢な動作で、洗濯物を乾燥機に入れ始めていた。

何か、嫌な感じ。こっちがいじめたみたいやないか。

朱音は、ため息をついて、エンジンをかけた。


夕食どきに朱音は裕也に、「誕生日、何が欲しい？」と尋ねた。今年は七月の第二日曜日が誕生日になる。天気予報によると、ちょうど梅雨が明ける頃だという。

すると裕也は「犬、飼ってもええ？」と遠慮がちに言い、ラックの上から市政だよりを持って来て、後ろのページを広げた。

〔わんにゃんフェスタ開催〕とあった。七月の第二日曜日、森林公園。そういえば、毎年夏休みの前に、そんなイベントをやっていた気がする。

目を通してみると、動物ふれあいコーナーや、警察犬によるアトラクションの他、子犬や子猫の里親探し、という企画があった。引き取り手がいないイヌやネコを、飼いたいという人が名乗り出ると、無料でもらえるらしい。ただし、正しい飼い方についての簡単なレクチャーをその場で受講してください、また飼い主希望者が競合した場合は抽選で決定します、とある。

犬を飼いたい、と言われて朱音が最初に思ったのは、いくらの出費になるのか、ということだった。当然、ペットショップで買うのだと思い込んでいたのだが、確かに、引き取り手がいなくて処分されてしまうイヌやネコたちが、今もいるのだ。

裕也らしい選択だと思う。この子なら、犬の散歩、ふんの始末、えさやり、すべてちゃんとやってくれるだろう。犬を飼うと、家族間の対話も増えるし、家の中が明るくなる、とテレビで専門家が言ってたことも思い出した。

「お父さんに聞いて、ええて言うたら、ということにしよか」

裕也は「うん」と、いかにもうれしそうな顔になって、ご飯をかき込んだ。

勝裕は駄目だと言わないだろうと判っていた。

食事後にメールを送ったら、予想どおり、あっさりOKの返信が届いた。


七月の第二日曜日は、気象庁が梅雨明け宣言をまだ出していないものの、誰もが、もう梅雨は明けたと感じる快晴だった。空は澄んで、遠くの山々がはっきりと見え、セミが鳴いているが、それほど暑くもない、過ごしやすい行楽日和である。

午前九時過ぎに、裕也と共にデミオに乗り込んだ。

国道に出て左折したところで裕也が「南郷のおばちゃん、いるかな」と言った。朱音は「いたらええねんけど」とうなずく。

前日の夕方、朱音は南郷宅を訪ねていた。チャイムを鳴らすと、チェーンをかけた状態で南郷が半分だけ顔を出して、「何や」と怒気を含んだ声で応じた。

「軽自動車代の代わりに、わびの意味で、させて欲しいことがあんねん」

「何を言うとんのじゃ、意味が判らん」

「あんたからは、私もいろいろされたけど、こっちもやらかしたことは確かや。私なりに反省してんねん。そやさかい、明日の朝九時に迎えに来るんで、ちょっとつき合うてくれへんやろか」

南郷は、顔面の半分を痙攣させて、「何につき合えっちゅうねん」と苛立《いらだ》ちをにじませ、「誰が行くか、そんなもん」と言った。

朱音は「そう言わんで、ちょっとだけつき合うてえな、な。明日の朝、九時、な」と、なだめようとしたが、ドアは乱暴に閉められた。

だから、車に乗ってくれるかどうかは判らない。感触として確率は、半分以下。玄関ドアを開けてもくれないかもしれない。

そのときはそのとき。また別の手を考えればいい。

南郷宅までは、水路沿いの歩道や住宅街の細い道を通れば、自転車や徒歩ですぐに行けるのだが、車でとなると、いったん国道に出て、交差点を左折し、少し進んで、尾花公園がある区画に入らなければならない。

南郷宅前に到着。以前マークⅡがあったスペースには、メタリックグレーの軽自動車が停めてあった。

朱音はエンジンを切り、「ちょっと呼んで来るさかい」と言い置いて降りた。

チャイムを鳴らすが、応答がなかった。しばらく待って、もう一度押すと、ようやくドアが開いた。

「何や」

「昨日言うたやろ。わびのしるしに、したいことがあるさかい、ちょっとつき合うてえな」

南郷は、うさん臭そうに、デミオに目をやった。

「何で息子が乗っとんねん」

「あの子のアイデアやねん」

「何や、アイデアて」

「それは行ってからのお楽しみや。気に入らんかったら、すぐに帰ったらええから。さ、行こ」

「…………」

「あの子の顔も立ててやってんか。あんたのせいで怪我したんやで」

「どこに連れて行く気や」

「すぐ近くや。せいぜい車で十分かそこらやさかい」

南郷は、険しい顔のままだったが、「ちょっと待っとき」と言ってドアをいったん閉め、一、二分待たされて、コインランドリーのときと同じ白いジャージ姿で出て来た。

南郷が後部席に乗り込むと、デミオの車体が少し傾いて沈んだ。助手席から裕也が「おばちゃん、おはよう」とあいさつしたが、南郷はかすかにうなずいただけだった。

会話がないまま車は走り、ほどなくして森林公園の駐車場に到着した。降りるときに南郷が「何やねん、ここ。こんなとこに何があるっちゅうねん」と言ったが、朱音は「行ったら判るて」と応じた。

木々に囲まれた砂利道を歩いて、芝生広場へと向かう。南海市立森林公園は、野球場六個分ぐらいの広さがあり、木々が茂る場所の他、芝生広場や遊具コーナーなども、それぞれ数か所ある。わんにゃんフェスタは、正門に当たる北側の駐車場に近い芝生広場で開催されている。

結構、人気があるイベントらしい、広い駐車場も八割以上が既に埋まっていたし、砂利道を同じ方向に歩く家族連れも多かった。

やがて、芝生広場内に設置されたいくつものテントが見えてきた。各テントに人だかり。

砂利道の途中にあった案内看板を見た南郷が立ち止まる。

「どやろか」と朱音は声をかけた。「新しいコを飼うたら、少しはペロちゃんがいいひんようになったさびしさを埋めることができるんちゃうか？」

南郷は黙ってきびすを返して帰ろうとした。

「もらい手がいいひんかったら、処分されるねんで」

だが南郷はそのまま来た道を歩き始める。

「待ちいな。歩いて帰るには遠いで。いらんのやったらそれでええさかい。私らが一四、イヌをもろて帰るまで、つき合うてんか」

ようやく南郷が止まって振り返り、険しい顔を向ける。

「しょうもないことたくらみやがって」しかし南郷は、裕也のアイデアだということを思い出したようで、「さっさともろてこいや」と言い、テントがある方に歩き出した。

後ろを歩く朱音は、裕也と顔を見合わせて、軽く肩をすくめた。裕也も、駄目だったかー、という残念そうな表情だった。

手前のテントは、子ヤギ、子ヒツジ、ウサギなどが柵に囲まれていて、係員に言えば中に入って触れることができるコーナーだった。裕也は、興味ありげだったが、南郷に遠慮してか、ちょっと立ち止まっただけで、先に進んだ。

イヌとネコの里親を募集するコーナーは、その先にある四つ続きのテントだった。

ケージやカゴに入れられたイヌやネコたちが、尻尾を振ったり、鳴いたりしている。

子どもがいる家族だけでなく、若いカップルもカゴを見て回りながら、「わー、かわいいー」「おい、どうした、眠いか」などと口にしている。中には既に成長したイヌやネコのカゴもあり、そんなイヌの中には、人間不信に陥る体験があったのだろうか、吼えたり、逆におびえた様子で丸くなっているコたちがいた。

テントの前で係員から受け取ったチラシによると、イヌやネコが欲しい人は、すぐ先にある本部テントで申込用紙に記入し、三十分待って、もし他にも欲しいという人がいれば抽選で決め、競合しなければそのままもらえる、というシステムのようだった。イヌやネコの飼い方についてのレクチャーを受けなければならない、と市政だよりには書いてあったが、実際には、三十分の待ち時間のうちに、飼い方について記したパンフレットに目を通して、虐待したり放置したり遺棄したりしません、という誓約書にサインをすればいいだけらしい。

最初は仏頂面だった南郷も、かごの中にいるイヌたちの誘惑には勝てなかったようで、朱音たちと別行動の形で、見て回り始めた。裕也と目を合わせて、今度は笑ってうなずき合った。

それぞれのカゴには厚紙のプレートがついていて、生まれた時期と性別が表示されている。中には、おとなしい性格です、とか、人によくなつきます、などと書き加えてあるものもある。何も書いていないコは、アピールポイントがない、ということだろうか。朱音はかえってそれが気になった。

朱音自身は、黒柴の血が濃いと思われるオスの子イヌが気に入った。頭、背中、尻尾が黒毛で、顔、腹、脚は白っぽい薄茶色。そのせいで靴下をはいてるように見える。まだ片手に乗るぐらいの、生まれて二か月も経っていないコで、朱音がカゴの隙間から指を入れると、尻尾を振りながらくんくんとかいで、前脚でじゃれついてくる。ハートをわしづかみにされた気分だった。

ひととおり見て回ったところで、朱音は裕也に小声で「どう、欲しいコ、決まった?」と聞いてみたが、裕也は「ちょっと簡単には決められへん」と苦笑いを見せた。

「直感でええんと違う? 目が合って、ビビッときたとか。消去法でも、ある程度は絞れるんちゃう?」

「うん、そやねんけど……ほら、見ただけで、人気がなくて余るんちゃうかって、だいたい判るコがおるやん」

「うん」

「そういうコが気になって、さっと選ぶのをためらってしまうというか、後ろめたいっていうか……」

裕也らしいなと思った。本当に優しい息子。

「そんな心配せんでもええて。余ったコたちは、NPO法人の人らが面倒見てくれるらしいから」

「全部？」

最近の新聞記事にもあったが、ＮＰＯ法人などのボランティアだけでは、すべてのコたちを助けることは難しく、殺処分をできるだけ減らす努力を続けているにすぎない、というのが現状らしい。ここにいるイヌも、すべてが救われるかどうかは、判らない。

「全部、というわけにはいかへんかもしれんけど、うちで何匹も引き取るのはもともと無理やろ。みんなが協力して、それぞれの家で一匹、迎え入れる。そうするしかないねんから。裕也さんが気にするのは判るよ。でも、例えばここにおるコたちがみんな、飼ってくれる人が見つかったとしても、他の街ではやっぱり、余ってしまうかもしれんやんか。世界中のイヌやネコを助けることは、私らにはできひんのよ。私らは一匹だけ引き受ける。あとのコたちは、他の誰か、かわいがってくれる人と出会えることを祈るしかないんとちゃうか」

「うん、そやね」裕也は複雑な表情でうなずいた。「僕、そしたら、もうちょっと後で選んでいい？　南郷のおばちゃんが帰りたいって言うたら、いっかい送ってあげて、それからまた来て、選んでもいい？」

「別にええけど、そんなことしてたら、気に入ったコを――」

そう言いかけて朱音は、はっとなった。

裕也は、余ったコを選ぼうとしているのだ。たとえそれが、無駄吼《ぼ》えをしている成犬だとしても。

かわいい子イヌを、気に入った子イヌを選べばいいのに。

でも裕也は、裕也ならではの方法で、いじめも克服し、今はちゃんと居場所を確保している。実際、裕也から学んだことは大きかった。だったら、この子の考えは、尊重するべきだ。

「判った。そしたら、南郷のおばちゃんをいっかい、送ってから、また来よ」

朱音はうなずき、南郷の姿を探した。

南郷は、テントの中で、しゃがみ込んでいた。近づいてみると、南郷が見つめているのは、朱音が最初に気に入った、黒柴系の子イヌだった。

声をかけることがためらわれた。南郷の表情を見ようと、テントの反対側に移動して、他のイヌの柵ごしに、しゃがんだ。

南郷が、ほおを緩めて、指をカゴの隙間に差し入れ、何か話しかけながら、子イヌと戯れている。

でれでれの表情。朱音が知る南郷とは別人だった。

やっぱりイヌが好きなのだ。だから、いくら不機嫌であっても、ここまで来てしまったら、知らん顔をして帰ることなどできない。

ふと、南郷の半生がどんなものだったか、勝手な想像が頭に浮かんだ。生い立ちなどは全く知らないし、どんな思春期だったのかも、判らない。だが、その後、ヤクザと一緒になったぐらいだから、複雑な家庭環境だったのだろうということは想像できる。

ヤクザと一緒になれば、普通の近所づき合いも難しくなる。夫がそれを隠そうとしても、見るからに筋者だと判る連中が出入りするだろうから、たちまち噂は広がる。少ないながらもいたかもしれない彼女の友人も離れてゆくし、親兄弟や親戚から絶縁されたかもしれない。それでもヤクザ者の夫がいたうちは、周囲に睨みも利かせられただろうが、先立たれてしまうと、本物の孤立がやってくる。

コインランドリーで南郷は、人殺しなんかしてない、と絞り出すように言った。朱音は単に、売り言葉に買い言葉で投げつけたに過ぎなかったのだが、あのときの顔面の痙攣は、南郷が周囲からどれほどの偏見で見られてきたかを示しているかもしれない。

不特定多数の、いや圧倒的多数の冷たい目が突き刺さる中、南郷は歯を食いしばって生きてきた。だから、他人とトラブルがあると、つい過剰な反応をしてしまったのではないか。

悪いことした、かぁ。朱音は心の中でつぶやいた。

テント近くのコンクリートベンチに裕也と座って待っていると、南郷はそれから十分ほど経って、やって来た。無理して、険しい顔に戻しているように感じられた。

「欲しなったんちゃうか。遠慮せんで、申し込みしたらええやん」

朱音がそう言ったが、南郷は頭を横に振った。

「雑種の犬なんか、貧乏くさいわ」

「おばちゃんが一匹、引き取ってくれたら」と裕也が言った。「そのコが処分されんで済むんやで。血統書とか、雑種とか、人間がかってに決めてるだけやん。イヌ自身は、そんなん、何も思ってないよ。いい飼い主と出会えるか、それが大事なんとちゃうか」

「それやったら、ええ飼い主に見つけてもろたらええがな。私は関係ない」

「おばちゃんは、ええ飼い主や。ペロちゃんは、幸せやったと思うよ」

「生意気なこと言うてから」

南郷はなぜか、明後日の方を向いて、髪をかきあげるしぐさをした。

もしかして、泣きそうになってる？　だが朱音はもちろん指摘したりはしなかった。

南郷のことだ、怒り出して帰ってしまうかもしれない。

「黒柴っぽいオスの子イヌ、気に入ってんやろ」と朱音は言った。「むっちゃ見てたやん」

「見てたら悪いか」

「悪ないよ。申し込み、してき」

「うるさい、お前が決めんな」

「他の誰かの手に渡るで」

「ええやんけ、それで」

「そいつがええ飼い主やったらええけど、そうとは限らんやんか」

「…………」

「最初だけかわいがって、途中で飽きて捨てよるかもしれんで。むしゃくしゃしたとかいう、訳の判らん理由で、どついたり蹴ったりしよるかもしれん」

「…………」

「楽しいで、あのコがいつも一緒におったら、きっと」

南郷が、ちっと舌打ちした。だが、苦笑いの表情になっていた。

「こんなことで、弁償を帳消しにできると思てんのか」

「別にそんなことは思てないよ。ただ、あんたやったらきっとかわいがるやろうけど、他の誰かが、同じようにかわいがるかどうか、判らんて言うてんのや」

「あんたらはどないしたんや。どのイヌか、決めたんか」

「この子は」と朱音は裕也を指さした。「余ったコから選ぶねんて」

「はあ？　おかしなことを言う子やな。早いもん勝ちなんやで」

「残り物には福があるから」と裕也は笑っている。

「親子そろって、けったいなやっちゃらやな」

「けったいで結構やから、はよ申し込みに行き。もたもたしてたら、他の誰かに決まってまうで」

「別にかまへんわ、そんなもん。もともといらんて言うてるやろが」

南郷はそう言いながらも、重い腰をようやく上げて、緩慢な足取りで、本部テントに向かって歩き出した。

「番号間違えんときや、何番やった？」

南郷は振り返らないで「判ってる、うるさいな」と答えた。

申し込みをした後も、南郷はテント内で子イヌたちを見て回っていた。朱音も裕也と一緒に、もう一度見て回ったり、子ヤギやウサギがいるふれあいコーナーに行ったりして、時間を潰した。その間に裕也から「朱音さん、南郷のおばちゃんがさっき、弁償を帳消しにできると思てんのか、とか言うてたけど、どういうこと？」と聞かれたので、「前にケンカしたとき、プランターやられた仕返しで、南郷のおばちゃんちにある植木鉢を壊したったんや。そのことを冗談で言うてるだけや、気にせんでええのよ」と答えておいた。

　三十分経って、「番号八番をお申し込みの方、本部テントにいらしてください」というアナウンスがあった。数組の家族連れがそれに反応して、本部テントの方に集まり始めた。

　南郷が近づいて来て、「あかん、何人も競合しとる。もうええわ」と顔をしかめて片手を振った。

「何があかんのよ。抽選で当てたらええやんか」

「あかん、無理無理。私はくじ運、めっちゃ悪いねん。じゃいけんかて、勝率二割か三割ぐらいしかないねん。どうせ時間の無駄やさかい、もうええ」

「やるだけやったらええやんか」

「外れたら腹立つやんけ」南郷が声を荒らげたので、周辺にいる人たちが振り返った。

「それやったら、最初からやめといた方がええんじゃ、ほっとけ」

　扱いにくい女。

「そしたら、この子に頼み」朱音は裕也の肩ひじをつかんで引き寄せた。「この子、くじ運、むっちゃ強いねん」

　裕也が小さな声で「えっ？」と戸惑いを示したが、朱音は無視して「それやったらええやろ、な」とたたみかけると、南郷は「好きにし」と投げやりに言った。

「裕也さん、頼むわ」朱音は裕也に両手を合わせて頼み、小さな声で「外れてもかめへんさかい、ね」とつけ加えた。

裕也は、「判った。そしたらおばちゃん、行こ」と誘ったが、南郷は「私がいたら、くじ運の悪いのんが移る。一人で行ってんか」と拒んだ。朱音が、口パクで、ごめん、と片手で拝んで、送り出した。

近くのコンクリートベンチに並んで座った。

「テレビでインタビューに答えたとき、逢坂涼のファンやてアピールしてたやんか」と朱音は言った。「事務所とかファンクラブとかから、リアクションあった?」

「なんにもない」

「あ、そう」

「ええことなんか、何にもないわ」

その後には、お前に会うてから、と続きそうだった。

「感謝状もろたやんか」

「あんなもん、もらいに行ったさかい、誰かさんにマークII壊された上に、殺されかけたんやんけ。何がええことじゃ」

口の悪いおばはんやな。だが朱音は、以前のように、怒りの感情は湧いてこなかった。

子イヌたちのテントに入ってから、南郷の顔半分の痙攣がなくなったようだった。

朱音はそのことに気づいていたが、言わないでおくことにした。知らせた途端、また始まるかもしれない。

間《ま》ができた後、南郷が再び口を開いた。

「あの技は何や」

「へ？」

「警察署で私を失神させた技や」

「あれは……三角絞め。柔道とか柔術の技」

「何か、やってたんか」

「十代のときに、護身術教室に通っててん」

「護身術。それにしても、おっそろしいことをしてくれたな」

「ちゃうで。あの技は、相手に怪我をさせずに倒す、思いやりたっぷりの技や」

「何が思いやりたっぷりじゃ、死にかけたんやぞ」

そのとき、ジーンズの尻ポケットに入れてあったスマホが振動した。くらの庵の店長、ユキちゃんからだった。急にシフトに入ってくれ、と言われたら、遠くにいることにしようと思って出た。

「真野さん、今いいですか」

「うん、短時間なら」

「真野さんのお陰で、新しい出会いがあったんです」

「どういうこと？」

「前に真野さん、言い寄って来る男じゃなくて、この人がいいと思った人をつかまえないと駄目、みたいな話、してくれたやないですか」

「ああ、したかなあ」

「あの後、ずっとそれが頭に残ってて、高校生のときに好きやったけど告白できひんまま終わった同級生の人がやってる焼き鳥屋さんに行ったんです、客として。その人の実家が焼き鳥屋さんで」

「あ、そう」

「それがきっかけで、つき合うことになったんですよ。思い切って、一人で飲みに行ったら、すぐに気づいてくれて、話がはずんで。その人、高校生のときに、よその高校生にからまれて、仲間を守るためにケンカして、停学になったけど、言い訳をせえへんかった人なんです。守ってもらった友達はその場から逃げて、停学にならへんだのに。男気があって、今でも同級生がたくさん店に来てるんですよ」

ユキちゃんはかなりテンションが上がっているようだった。朱音は「ふーん、そうか」と合いの手を入れた。

「ほんま、真野さんのお陰です。ありがとうございます」

「いやいや、私は言いたいことを言うただけやから。そしたらユキちゃん、近いうちに焼き鳥屋の女将《おかみ》さんになるかもしれんのやね」

「きゃー、何言ってるんですか、そんな気の早い」

ほんまはもう具体的に考えてるくせに。

朱音が「よかったね」と応じると、ユキちゃんは「今度、何かおごらせてくださいねー」と言って切った。

スマホを尻ポケットに戻す前に、ふと思いついて、裕也が映っている画像を「これ見てみ」と南郷の方に突き出した。

裕也が大きなシマヘビを捕まえて、廊下を歩いている画像である。保護者の誰かが撮影して、担任の赤尾に送信し、それが朱音に転送されてきたものだ。ヘビは頭をつかまれて、裕也の前腕にからみついている。裕也はほんの少しだけ笑って、保護者や児童たちが開けた廊下の中央を、堂々と進んでいる。ヘビの画像なんて見たくないが、これだけは特別である。

「何。ヘビかいな」と南郷が顔をしかめた。

「学校にヘビが侵入してきて、教師らが何もできんでパニックになっとったのを、うちの子が捕まえて、空き地まで運んだんや」

「そういうことか。うちの郵便受けに入っとったヘビも、息子が捕まえたやつやな」

しまった。まさにヤブヘビ。

「あの子がやったんと違うよ。あの子が捕まえて飼ってたのを、私が勝手に入れたんやから」

「判ってるがな、そんなもん。あの子は、人が嫌がることなんかせえへん子や」

ちゃんと、そういうところは見ているのか。

「ええ子やな」南郷がどこを見るでもなく、前を向いて言った。「あの子は将来、立派な大人になるわ」

「そうか」

「少なくともあんたよりは数倍、立派な大人になるやろ」

「余計なお世話や」

いつの間にか、南郷からの呼び方が、お前、から、あんた、に昇格していた。

高校二年生のときに、お父ちゃんと格闘になったときのことが、ふとよみがえった。

娘は親の持ちもんやないっ。

お父ちゃんを絞め落としてしまったことは、やり過ぎだったと思うが、かつてはおとなしかった自分が変われたことに、胸を張りたい気持ちだった。そしてその自負心を、ずっと胸に秘め続けていた。

だから、いじめに遭っていた裕也も変われるはずだ、もっと強くなって欲しいと思い、護身術の練習をさせようとしたり、やられたらやり返すべきだ、ということを、身をもって伝えようともした。自分の体験を伝授することこそが、親の役目だと思っていた。

しかし、それでは、お父ちゃんと同じなのだ。自分の価値観を押しつけていただけ。裕也には裕也のやり方がある。生きてゆく上でのスタイルがある。フリー参観日に、そのことを裕也から教えられた。

息子は母親の持ちものではない。

裕也が、本部テントから出て来た。係員の男性に誘導されて、子イヌたちのテントに向かう。朱音たちに向かって、親指を立てた。抽選で引き当てた、ということだ。

驚きはなかった。根拠はないが、そうなると信じていた。

朱音も同じく、親指を立てて返した。

南郷は、別の方を向いていたようで、まだ気づいていない。

いきなり驚かせてやろう。心の中で、ほくそえんだ。

裕也が、子イヌを抱えて、テントから出て来た。朱音が人さし指を口に当てて合図を送ると、裕也はその意味を判ってくれたようで、まっすぐにこちらに向かって来るのではなく、テントの向こう側に向かった。背後から近づいて来て、いきなり南郷に手渡す、ということだ。

あかん。顔がにやけてきた。

裕也が、朱音たちの前に回り込んで来た。南郷が、ぽかんとした顔で見上げる。

「当てたよ。はい」

裕也が突き出し、南郷が受け取った。たちまち南郷の表情は弛《ゆる》み、「あらぁ、来たんかー」と、両手で抱えて、自分の鼻先に近づけた。子イヌは鼻をくんくんさせて、尻尾を振っている。

朱音が「希望者は何人いたん？」と尋ねると、裕也は「僕を入れて四人。先に色がついた棒を抜いた人が勝ちっていうルールやってん」と答えた。

「最後に残ったやつを引いたんやろ」

「うん」

やっぱりか。残り物には福がある。不器用なところがあるけど、こつこつ努力して、後から追い抜くカメさんタイプ。人それぞれ、性格があって、それにふさわしいやり方がある。

裕也が「おばちゃん、よかったね」と南郷の肩に手を置いた。

南郷はうなずき、子イヌをひざの上に置いて、なでる。

その手の甲に、雫《しずく》が落ちた。

見ると、南郷は顔をくしゃくしゃにして泣いていた。涙は止まらないようで、次々と手やひざに落ちていた。

やがて南郷は、声を上げて泣き始めた。ひっく、ひっくとしゃくり上げて、子どものように。

ほんの一瞬だが、このかわいげのない初老の女を、抱きしめたくなった。

周囲の人たちが、何ごとだと驚いたり、苦笑したり、指さしたりしている。

それでも南郷は、青く広がる空に顔を向けて、泣き続けた。

—本書のプロフィール—

本書は、二〇一六年十月に小学館から刊行された同名の単行本を、加筆改稿して文庫化したものです。

小学館文庫

つめ

著者　山本甲士《やまもとこうし》

二〇二〇年七月十二日　初版第一刷発行

発行人　飯田昌宏
発行所　株式会社　小学館
〒一〇一－八〇〇一
東京都千代田区一ツ橋二－三－一
電話　編集〇三－三二三〇－五八一〇
　　　販売〇三－五二八一－三五五五
印刷所　――――　凸版印刷株式会社

この文庫の詳しい内容はインターネットで24時間ご覧になれます。
小学館公式ホームページ　https://www.shogakukan.co.jp

ISBN978-4-09-406789-7